新潮文庫

決算！忠臣蔵

中村義洋著
山本博文・原作

新潮社版

11202

目次

決算！　忠臣蔵

主要登場人物

浅野内匠頭　赤穂藩藩主
瑤泉院　内匠頭の正室。阿久里
落合与左衛門　瑤泉院の用人。二百石（九百二十三万円＝年収、以下同）
大石内蔵助　筆頭家老。千五百石（六千九百二十三万円）
理玖　内蔵助の妻
松之丞　大石主税。部屋住。内蔵助の長男
祐海和尚　赤穂遠林寺住職
（以下、給与順）
奥野将監　番頭。千石（四千六百十五万円）
大野九郎兵衛　次席家老。六百五十石（三千万円）
進藤源四郎　物頭。四百石（千八百四十六万円）
小山源五右衛門　足軽頭。三百石（千三百八十五万円）
原惣右衛門　足軽頭。三百石（千三百八十五万円）
吉田忠左衛門　足軽頭、加東郡代。二百石役料五十石（千三百八十五万円）
間瀬久太夫　大目付。二百石役料十石（千十五万円）
堀部安兵衛　馬廻。江戸給人。二百石（九百二十三万円）
奥田孫太夫　武具奉行。江戸給人。百五十石（六百九十二万円）

菅谷半之丞　馬廻。山鹿流兵学の免許皆伝。百石（四百六十二万円）
　中村勘助　右筆（物書役）。百石（四百六十二万円）
不破数右衛門　牢人。元浜辺奉行。百石（四百六十二万円）
　矢頭長助　勘定方。二十石五人扶持（二百六十六万円）
　大高源五　御毒見役。二十石五人扶持（二百六十六万円）
　倉橋伝助　扶持奉行。二十石五人扶持（二百六十六万円）
貝賀弥左衛門　蔵奉行。二石十両三人扶持（百八十七万円）
　武林唯七　馬廻。江戸給人。十両三人扶持（百六十九万円）
　前原伊助　中小姓。江戸詰の蔵奉行。十石三人扶持（百四十一万円）
　神崎与五郎　組付惣領横目。五両三人扶持（百九万円）
　茅野和助　組付惣領横目。五両三人扶持（百九万円）
三村次郎左衛門　台所役人。酒奉行。七石二人扶持（九十七万円）
　吉田伝内　部屋住。忠左衛門の次男
矢頭右衛門七　部屋住。長助の長男

＊

　戸田采女正　美濃大垣藩藩主。内匠頭の母方の従兄弟
戸田権左衛門　美濃大垣藩戸田家・家老
　赤井数馬　牢人

はじめに

江戸時代、蕎麦《そば》は一杯、いつでもどこでも十六文《もん》であった。

忠臣蔵なのになぜ蕎麦の話を？と面喰《めんく》らう読者も多いだろう。だがこの物語は、会計から見た忠臣蔵である。そのためにはまず、江戸時代の金を現代の金に換算しなければならない。

ルールを説明する。

蕎麦一杯は江戸時代を通じて十六文。〝一文〟は、寛永通宝《かんえいつうほう》という中央に四角い穴の空いた銅貨一枚のことで、これが十六枚で十六文。のちに一枚四文の〝四文銭《しもんせん》〟も流通し、四枚で済むなら客にも店にも便利が良い、だから蕎麦は一杯十六文、という説もある。

この〝蕎麦一杯〟を四百八十円とする。異論もあろうが、令和元年の現在、例えば駅前の立ち食いそばなら三百円のところもあるし、和食レストランで六百五十円ぐらいか。間をとって四百七十五円、四捨五入して、四百八十円。江戸では蕎麦はファーストフードであったから現代の老舗《しにせ》の名店などは考慮に入れない。

というところで、十六文を四百八十円とすれば、一文は三十円、という計算になる。

この物語では、この「銭一文＝三十円」という〝そば指数〟をもとに、元禄《げんろく》当時の値段を現代の金額に換算することにする。銭は千文で〝一貫文《いっかんもん》〟となり、金に換算すると〝一分《ぶ》〟と言って、これが三万円。金四分で〝一両〟となるから、すなわち、我々が時代劇でよく目にする金の小判一枚は、十二万円ということになる。


さて、赤穂藩《あこう》である。

播州《ばんしゅう》赤穂（現兵庫県赤穂市）の赤穂藩浅野家は、外様《とざま》大名である広島藩浅野家の分家大名で、石高《こくだか》は五万石。当時、国内二百七十ほどあった藩の中では、中の下、といったところだろうか。

この赤穂藩の収入をざっくりと計算してみる。

幕府の基準である五公五民で年貢を徴収すると、五万石の実収入は、半分の二万五千石となる。米の価値は一石三斗《と》が金一両と言われているので、これを〝そば指数〟で換算すると、一石は九万二千三百円となり、二万五千石だと、二十三億円。名産である塩の収入も上々で、他藩にくらべだいぶ裕福であったから、その殆《ほとん》どを藩士への給与にあてることができた。

その給与についてだが、本書では藩士たちの年収も明記している。禄（給与）が百石以上の者が知行取り（自分の領地から徴収）で、それ以下は蔵米取り（藩から支給）と呼ばれる。ちなみにこの物語の主人公、大石内蔵助は知行取りで、禄は千五百石だが、五公五民として実質は七百五十石。これをそば指数で換算すると、年収六千九百二十三万円。かなりの高給取りである。

話を戻す。先に述べた赤穂藩の実収入、二十三億円のほかに、私墾田《しこんでん》と呼ばれる新田開発分の田が六千石あって、これが五億五千万円。

ここに塩田の税金も加えると、ざっと見積もっても、三十億円。

これが赤穂藩の総収入で、物語はこの〝三十億円〟から始まる。

30億円

「なんでやねん……」

その報《しら》せを聞いた時、大石内蔵助《おおいしくらのすけ》はただ一言、そうつぶやいた。

元禄十四年（一七〇一年）三月十九日の寅《とら》の上刻（午前四時）。外はまだ暗かった。

報せを届けたのは、江戸にいた赤穂藩士、早水藤左衛門《はやみとうざえもん》（年収六百九十二万円）と萱野三平《かやのさんぺい》（年収百九十九万円）で、普通なら十三、四日かかるところを宿場ごとに人足を入れ換え、入れ換えの〝通し駕籠《かご》〟で休まず丸四日半。顔面蒼白《そうはく》、髷《まげ》は乱れ、額には脂汗《あぶらあせ》が滲《にじ》み、嘔吐《おうと》せんばかりで、舌が回っていない。

「とろ様、でんちゅうにて……」

「あ？」

内蔵助もちょうど気持ちのよい眠りの最中に叩《たた》き起こされたから、頭が回らない。

「えろ城中にて、にんじょうに……」

「あ？」

何度も聞き返し、早水らの舌も落ち着いたあたりで、やっと話が垣間見《かいまみ》えた。

遡《さかのぼ》ること五日前の三月十四日、江戸で勅使饗応役《ちょくしきょうおうやく》、つまり朝廷の使者を接待する役目を仰《おお》せつかった我らが主君、浅野内匠頭《あさのたくみのかみ》が、江戸城中、松の大廊下にて、儀式全般を統括する高家筆頭の吉良上野介《きらこうづけのすけ》に刃傷《にんじょう》に及んだ……つまり、斬《き》りつけた、というものだった。

「なんでやねん」

早水は内匠頭の弟、大学長広《だいがくながひろ》からの書状も携えていた。

「先に出さんかい」

内蔵助は、読んですぐに次席家老の大野九郎兵衛《おおのくろべえ》（年収三千万円）を呼びにやらせた。というのも書状には「札座《さつざ》の儀、よろしく頼む」旨《むね》のことが書かれてあったからだ。

札座とは、藩が発行する〝藩札《はんさつ》〟という紙幣と銀を交換する役所のことである。もし御家御取潰《おいえおとりつぶ》しなどという事態になったら、藩札を持っている城下の商人どもが札座に押し寄せるだろうから、その前に対策を……というのが長広の意であったが、内蔵助には、よく分からない。逆に、今そのような事を言っている場合か、と腹が立った。

通り二つを隔てた所に居を構える大野はすぐにやってきた。大きな目玉を見開いて大学長広の書状を読んでいた大野はやおら顔を上げ、

「六歩《ぶ》（六〇％）替えでよろしおまんな？」

とだけ言った。

「うむ」

内蔵助はなるべく重々しく答えたものの、やはり何のことだか分からない。まあ、よい。大野に任せておけば間違いはない。

「総登城《そうとじょう》を命じまっせ」

と大野は忙《せわ》しげに腰を上げ、退出した。


赤穂藩浅野家は、内匠頭長矩《ながのり》で三代目。先々代の長直《ながなお》の頃、国替えによりこの地にやってきた。五十六年前のことである。赤穂は良質な塩の産地として知られ、長直も塩田の開発に精を出したから、その甲斐《かい》あって財政は潤《うるお》った。家臣の数は三百八名。幕府が定めた軍役規定より若干多いが、それだけ裕福な藩であったということだ。

巳《み》の上刻（午前九時）、総登城を触れる太鼓が鳴り、三百八名のうち、〃江戸詰〃と呼ばれる浅野家江戸藩邸に常時勤務する者や、内匠頭と共に江戸へ出向いている者を

除いた、二百数名の藩士が赤穂城の大書院に集まった。集まった藩士が赤穂城の大書院に集まった。集まっ

書院下之間《しものま》には収まらず、横の縁側はもちろん、廊下にまで溢《あふ》れかえった。集まってはみたものの、情報は「殿様、刃傷」のみ。吉良の生死はもちろん、御上《おかみ》の沙汰《さた》も、そもそもの刃傷の原因さえ分からない。

内蔵助とて上之間に着座して思慮深げに目をつぶっているが、何も考えはない。ただ、報せを聞いた時の「なんでやねん」という思いは薄れていた。そういえば、思い当たる節もある。火消しの演習である。

寛永十八年（一六四一年）に京橋桶町《おけちょう》から出火して江戸の大半を焼き尽くした桶町火事を受け、幕府は江戸詰の諸大名に消防の強化を命じた。〝大名火消し〟というもので、赤穂浅野家もこれを仰せつけられ、先々代・長直は白眉《はくび》の活躍を見せた。名君と謳《うた》われたこの祖父に自分を重ね合わせることの多かった内匠頭も、同じく大名火消しを受け継ぎ、なお一層、力を入れた。

あれは十年ほど前になろうか。赤穂城下でも頻繁に火消しの演習が行われた。

「遅いぞ、内蔵助！」

内蔵助は夜中に鳴り出した半鐘《はんしょう》の音に気付かず、寝過ごして内匠頭に叱《しか》られた。

「昼間あないに居眠りしとって、なんぼ寝たら気が済むねん！」

「すんまへん……で、火元はどこですの?」

「アホ。いつまで寝ぼけとる。演習や」

「えんしゅう?」

と見ると、目の前では家臣たちが走り回り、火のない商家に水をかけ、「飛び火を防ぐため」と長屋を取り壊し、『火』と大書された目印の幟《のぼり》を屋根の上で振り回していた。

「あっぱれ!」

と采配《さいはい》を振り上げる内匠頭を、大野ら重臣たちが苦々しく見つめている。

「こんなん、やり過ぎや。御家老から一言言うてくだされ」

と大野が囁《ささや》くので内蔵助は「おそれながら……」と内匠頭の前に進み出たが、

「火事はいくさに似ておる。内蔵助、武士たるもの、なんぼ泰平の世でも、いくさを忘れたらあかんで!」

などと言われては、

「ごもっとも!」

と己の中のもののふの血も騒ぎ出し、

「おい!　北にも火が回っとるぞ!　潰せぃ、潰せーぃ!」

むしろ陣頭指揮に立つ有り様で、大野たちを悄然《しょうぜん》とさせた。

そんな苛烈《かれつ》な演習の甲斐もあって、江戸での〝本番〟も内匠頭は火事場の先頭に立ち、家臣たちは勇猛果敢に炎に飛び込み、「火消しの浅野」は長直の代に輪をかけて、江戸っ子たちの評判になった。華美な火消し装束に身を包んだ浅野家御家中《ごかちゅう》を一目見ようと、庶民は火事場へ押しかけ、「浅野が来たらどんな火事でもおさまる」「浅野に消せぬ火はない」などと噂《うわさ》し、絶賛した。

そういえばあの演習の晩、内匠頭はこうも言っていた。

「近頃は、ほんまもんの武士がおらん」

そう呟《つぶや》く横顔は、さびしげだった。

「賄賂《わいろ》に付け届け、今の御政道は腐りきっておる。こんな世は、改めな……」

「そないなことを、大きな声で……」

筆頭家老として、内蔵助は一応、形ばかり諫《いさ》めた。

「かまわぬ。濁った世を清くするのが、余の役目！」

きっぱりと言った内匠頭の横顔に、あるはずのない炎の照り返しが、内蔵助には、はっきりと見えた。

（あれか……）

となると、吉良上野介は殿に賄賂をせがんだのか？　または、他の大名にあからさまに付け届けでもせがんで、見兼ねた殿が？　では、吉良はどうなった？　殿に斬られて死んだのか？　いや、もし生きているとしたら……。

「なんぼ泰平の世でも、いくさを忘れたらあかんで」

不意に内匠頭の言葉が脳裏をよぎり、内蔵助は思わず身震いした。武者震いであった。

いくさだ。だが予断は許されぬ。しかし、その時は……。

内蔵助はカッと目を見開き虚空《こくう》をニラみつけた。


そんな内蔵助を見ていた者など、大書院には一人もいなかった。普段、城にいても居眠りが多く、ついたあだ名が〝昼行灯《ひるあんどん》〟だから、それも当たり前のことであった。

一方、これも内蔵助が関知しない出来事が、別の所で進行していた。勘定方を中心とした〝役方〟の面々は、一心不乱、藩札の処理に奔走していたのである。赤穂藩が領内に発行した藩札の総額は、銀九百貫目（十八億円）で、札座に用意している準備銀では二百貫目（四億円）ほど足りないことが分かった。だが、先ごろ札座奉行についた岡島八十右衛門《おかじまやそえもん》（年収二百六十六万円）はことのほか無能の男で、もし御取潰しとなれば紙屑《かみくず》同然となる藩札を、それならそれで構へんやろ、などと言って憚《はばか》らぬ〝番方〟上がりだったから、これまでコツコツと金のやりくりに腐心してきた役方の連中は呆《あき》れ果て、触らぬ神に祟《たた》りなしと、岡島へは何の相談もなしに、これまで通り偏屈に算盤《そろばん》を弾《はじ》き続けた。

役方とは、いわば領地の〝経営担当〟である。文官、といってもよい。勘定方や蔵奉行、町奉行などがこれにあたる。

それに対し番方は〝いくさ担当〟。武官である。城の警備や、槍《やり》や鉄砲や馬の管理などを行う、いわば昔ながらの武士のことであった。

だが、江戸幕府開府から百年。世はまさしく天下泰平。目立ったいくさなどさっぱりご無沙汰で、つまり番方は、やることがなかった。

元禄のこの頃、江戸城内でさえ幅を利《き》かせていたのは役方の連中であり、その風向きは諸藩にも伝播《でんぱ》して、赤穂藩もこれに漏れず、藩の行政は役方の面々によって粛々と進められていたから、番方に対し心中密《ひそ》かに「なんもせんで、偉そうに」「禄泥棒」と蔑《さげす》む者も少なくなかった。

内蔵助は〝城代家老〟で、いわば、番方の筆頭である。だから「いくさを忘れたらあかん」という、内匠頭の言葉は、誰より身に沁《し》みていた。

総登城から十一時間。じっと虚空を見つめる内蔵助の視界に、使い番が飛び込んできた。

戌《いぬ》の刻（午後八時）。すでにとっぷりと日は暮れ、燭台《しょくだい》の灯があちこちに灯《とも》っていた。

そんななかを、やはり早駕籠で江戸から駆けつけた原惣右衛門《はらそうえもん》（年収千三百八十五万円）と大石瀬左衛門《おおいしせざえもん》（年収六百九十二万円）が、両肩を支えられて入ってきた。原が上之間の前で崩れ落ちるのを、内蔵助が抱き止めた。

渾身《こんしん》の力で、原は声を振り絞った。

「とろ様、てっぷく……」

やはり、すぐには舌は回らない。

「あ？」

内蔵助が首を傾《かし》げると、原は、もう一度息を整えてから、一気に言った。

「殿様、御切腹……浅野家は御取潰しにござる」

二百余名分の深いため息が、大書院に広がった。

内蔵助は、目を閉じた。また内匠頭の声が聞こえた。

（いくさを忘れたら、あかんで……）

内蔵助は、生まれた時から「大石内蔵助」であった。

父も祖父も曾祖父《そうそふ》も浅野家の家老であり、名も「内蔵助」。つまり、ボンボンである。大叔父の頼母助良重《たのものすけよししげ》などは長直侯の娘を妻にしているから、つまり主君の浅野家とも親類関係にあった。祖父の内蔵助良欽《よしたか》は長直、長友《ながとも》、長矩の三代に仕えたが、内蔵助が十九の時に死に、父はその四年前に亡《な》くなっていたので、内蔵助は二年ほど見習いをした後、二十一歳で家老になった。内蔵助の役職は〝国家老〟〝筆頭家老〟〝城代家老〟と様々に呼び名があるが、つまりは浅野家中では殿様、内匠頭に次ぐ地位である。

金もあった。禄は千五百石（六千九百二十三万円）で、次席家老の大野がその半分にも満たぬ六百五十石であるから、破格である。

金があるからというわけではないが、とにかく、モテた。無類の女好きであると自認もしていた。最近では刀研師の出戻り娘を見初めたが、妻の理玖《りく》に遠慮して、藩の飛び地の加東郡に小さな屋敷を建て、囲っていた。そんな女が実は他に、三人いる。金があるから妾《めかけ》も持てるわけだが、御家がこうなってはやはり、

（別れなあかんのかのう……）

と悶々《もんもん》としてしまう。

（あかん、また忘れとった）

と内蔵助は薄く目を開けた。妾たちに「このような事態となったゆえ、しばらく伺えぬが……」と文を書いたが、それを届けるようにと下男の八助に渡すのを忘れていた。

というのも、もう城に三日間、籠《こも》りきりなのである。

今後の赤穂藩の行く末を決する〝大評定《だいひょうじょう》〟が終わらないのだ。

第一報から十日。

目の前には、赤穂藩士二百数十名。江戸から駆けつけた者もいて、十日前よりその人数は増えていた。

「御取潰しゆうことは、城を明け渡さなあかん、ゆうことやな？」

内蔵助の座る大書院上之間の目の前、下之間最前列で、物頭《ものがしら》の進藤源四郎《しんどうげんしろう》（年収千八百四十六万円）が、情けない声を出した。進藤は内蔵助にとって母方の大叔父にあたる。

「城どころか、わしらの屋敷も引き渡さなあかん」

と内蔵助に続いて禄の高い奥野将監《おくのしょうげん》（年収四千六百十五万円）が、進藤をたしなめるのが見えた。

「ほんなら、どこ行けっちゅうねん」

と肩を落とした小山源五右衛門《こやまげんごえもん》（年収千三百八十五万円）も、内蔵助に近しい叔父で、

（親戚《しんせき》連中が、何を呑気《のんき》なことを……）

と内蔵助は妾への対応に気を揉《も》む自分を棚に上げ、また目を閉じた。

江戸では鉄炮洲《てっぽうず》にある赤穂藩上屋敷が没収となった。

内匠頭の正室、阿久里《あぐり》は、落飾して瑤泉院《ようぜんいん》と号し、実家である三次《みよし》浅野家の赤坂の屋敷に移った。阿久里は赤穂浅野家の縁戚にあたる備後《びんご》国三次藩藩主浅野長治の娘で、わずか六歳の時に七つ年上の内匠頭と婚約、その五年後に正室となった。阿久里が初めて内蔵助に目通りをしたのもこの婚礼の時である。とても十一歳とは思えぬ阿久里の荘厳《そうごん》な美しさに圧倒された。

「これからも、よしなに」

そう涼やかな声で言われ、家老になってまだ四年目の内蔵助は感動に打ち震え、畳に額をこすり付けたものだった。

あれから十八年。内匠頭と阿久里の間に子は恵まれなかったが（そのため内匠頭の弟の大学長広が養嗣子《ようしし》として迎え入れられたわけだが）、おなご好きの内蔵助がいくら側室を持つことを勧めても、内匠頭は頑として拒み、それは若い夫婦の仲の良さを物語っていた。

奥方さまはさぞかしお嘆きのことだろう、と内蔵助はしばし胸を痛めた。

赤穂藩は領地召し上げとなり、城の受け取りのため、播州龍野《ばんしゅうたつの》藩主の脇坂淡路守《わきさかあわじのかみ》と備中足守《びっちゅうあしもり》藩主、木下肥後守《ひごのかみ》が遣わされることになった。受け取りの期日は「来月中旬過ぎ」で、あと二十日。大軍勢を引き連れて幕府の上使がやってくることになる。

おとなしく城を明け渡すのか、または城に籠り、一戦交えるか。

つまり、開城か、籠城《ろうじょう》か。

すんなり衆議が決まらない理由は、ただ一つ。吉良の生死が分からぬことにあった。殿と吉良の〝喧嘩《けんか》〟があった以上、殿が切腹しているというのに、吉良がのうのうと生きたままだとしたら、武士として素直に城を明け渡すことなどできない。

籠城派の急先鋒《きゅうせんぽう》は、老いてなお〝過激派〟の足軽頭、つまり骨の髄まで番方の、原惣右衛門である。何せ内匠頭刃傷の当日も江戸の浅野家上屋敷にいたのだから「吉良は悪」と断言するその言い分には、かなりの説得力があった。

数日前から大手門の方で聞こえてくるがなり声も、籠城派の背中を押した。

江戸での一件を聞きつけた近隣の牢人《ろうにん》たちが城に押し寄せ、

「浅野家御家来衆に至っては、籠城決戦とお聞き申した！」

「拙者《せっしゃ》、ご加勢いたす！」

「我らに死に場所をお与えくだされ！」

と大手門の前で連日喚《わめ》き、怪気炎をあげ、その数は日増しに増えていた。

加えて、古参の小野寺十内《おのでらじゅうない》（年収千十五万円）や間喜兵衛《はざまきへえ》（年収四百六十二万円）らによる「この城は先代、先々代が一から造ったもので、公儀（幕府）のものではない」という意見ももっともなことで、五十六年前に先々代の内匠頭が、遠く常陸《ひたち》の笠間《かさま》から問答無用に移封され、家臣と共に、何もない原野に石垣を積み、堀を削り、十三年かけて作ったもの、というのは皆も知るところだから、城への愛着もひとしおであった。

開城派の筆頭は大野九郎兵衛であった。この役方の長は籠城派相手に、

「そないな大それたこと、できるかいな」

とだけ言って決して譲らなかった。

大野は、多忙を極めていた。

案の定、浅野家御取潰しの噂は瞬《また》く間に城下に広まり、原らの第二報があった翌日には札座に商人たちが大挙して押し寄せた。

あの日、内蔵助の前で、

「六歩替えでよろしおまんな？」

と即断した通り、大野は十匁《もんめ》の藩札を六匁の銀と交換してゆく。庶民の間では、御取潰しとなれば藩札を無効とする藩もあるとの噂も流れ、現に札座奉行の岡島がそのような態度であったから、「放っておいたらただの紙切れや」「六歩替えでもしゃあないやろ」と、この交換率は概《おおむ》ね好意的に受け取られていて、

（さすがは大野はんや）

と内蔵助は感心した。

札座の銀をすべて吐き出して、藩札交換は終わった。

それにしても……。

勘定方の面々十数名は、藩札交換も済んだというのに、いまだ彼らの執務室に籠り、大評定にも加わらず、算盤を弾き続けている。何をしているのか、内蔵助には皆目見当がつかなかったが、「ま、色々あるんやろ」と放っておくことにした。

午後になって、片岡源五右衛門《かたおかげんごえもん》（年収千六百十五万円）、磯貝十郎左衛門《いそがいじゅうろうざえもん》（年収四百六十二万円）といった、内匠頭の側近両名が赤穂に到着すると、大書院は蜂《はち》の巣をつついたような騒ぎとなった。

吉良は生きていた。

しかも、生きているどころではない。

片岡曰《いわ》く、

「お咎《とが》めなし」

つまり幕府は吉良上野介に対し、何の処罰も与えなかった、ということである。あまつさえ手傷を負った吉良に対し見舞いを寄越した、との話もある。

これに激昂《げっこう》したのが古参の足軽頭、吉田忠左衛門《よしだちゅうざえもん》（年収千三百八十五万円）である。

「お咎めなし⁉」

大音声《だいおんじょう》が大書院に轟《とどろ》きわたると、藩士二百数十名は一瞬のうちに沈黙した。

「喧嘩両成敗《りょうせいばい》は天下の大法！　殿のみが切腹という道理はあらへん！」

吉良の生死が分からぬうちは、うかつなことは何も言うまいと、三日間沈黙を通してきた分、その声は余計に張りがあった。足軽頭という皆を指導する立場にある忠左衛門の直截《ちょくさい》な意見に加え、藩士の監察を役目とする大目付・間瀬久太夫《ませきゅうだゆう》（年収千十五

万円）までもが、

「敵《かたき》が生きておるっちゅうのにおめおめと城を明け渡すなど、言語道断や！」

と激しく同調したから、藩士一同は「そや！」「その通りや！」と口々に叫び出した。そこへ原が、我が意を得たりとばかりに、

「籠城や！　城に籠り、赤穂侍の意地を見せな！」

と発するにおよび、藩士たちは立ち上がり、拳《こぶし》を振り上げはじめた。

「喧嘩とちゃうんやないか？」

と再び座を静まらせたのは大野である。

「上野介殿は斬りかかられても、刀の柄《つか》にも手をかけなかったそうや。それは喧嘩とは言わんやろ」

「あれは、喧嘩です！」

と片岡が食い下がった。磯貝も目を真っ赤にして続ける。

「吉良は御役目を笠に着て、殿に賄賂をせがんだんです！　それを拒まれ、根に持ち……」

一同は怒りに頬を染めた。殿への愛着、忠義。この辺りは内蔵助も同様である。

「籠城や！」

とまた原の怒声が轟き、「そや！」「籠城や！」の合唱が再燃したが、大野の意見をもっともと思う者も少なからずいて、前ほどの盛り上がりはない。

その間隙《かんげき》を突くように、

「待ちぃな」

と、おっとりと切り出したのは小山である。

「弟君、大学様を立て、御家再興するゆう手立てがまだ残っとるがな」

「そんなもん、吉良に沙汰が下されんのやったら、絵に描いた餅《もち》や」

すかさず将監がたしなめた。

吉良は、敵《かたき》である。敵《かたき》が生きていて、かつ何の処分も受けていないというのに、大学様はどのツラ下げて出仕できようか、と言うのである。

「大学様の、面目が立たん」

「そやけど、公儀の御城受取は四千もの軍勢ちゅう話やで」

と重臣の中でも若手の河村伝兵衛《かわむらでんべえ》（年収千八百四十六万円）が皆の顔色を窺《うかが》うように言った。

「……籠ったところで、勝ち目などあらへんがな」

「勝ち負けの問題ちゃう！」

と久太夫が一喝すると、原がまた、

「籠城や！」

と叫び、議論は振り出しに戻った。場内は再び「籠城や！」の大合唱である。

（今日も渡せんかもしれんの）

妾たちへの手紙を案じて、内蔵助は目を閉じた。


「無茶やがな……。四千も相手に籠城て……」

先ほどからの堂々巡りを末席で聞いていた大高源五《おおたかげんご》（年収二百六十六万円）は、横の神崎与五郎《かんざきよごろう》（年収百九万円）にそう呟いた。

大高源五は今年三十になる。その歳《とし》で毒味役、金《かね》奉行、腰物方といった役方の職をいくつも渡り歩いてきた。もともとが器用な男だから、どこへ配属されてもソツなくこなしたが、我ながら身を入れた器用さではなかった。毒味役の時は内匠頭に供する魚の旨《うま》い部分を必要以上に食べたし、腰物方の時も内匠頭の愛刀を無遠慮に腰に差して小姓たちを驚かせた。そもそも武士に向いていない。叔父の小野寺十内に俳句の手ほどきを受けてからは瞬く間に手離れして、初めて参勤交代に加わって江戸へ行った際には、当時の俳壇の中心であった水間沾徳《みずませんとく》に弟子入りした。赤穂への帰路で早くも句集を編み、評判になった。自惚《うぬぼ》れているつもりはないが、茶道にもひと通りの心得はあるつもりだし、どうも武芸自慢の連中とは距離がある。そのせいか口を開けば「おのれの嫌味は天下一品やな」などと親しい連中から言われたりもするが、本人は殊勝に生きているつもりだった。

どうも自分は、別の時代を生きているような気がしてならない。

この大評定の三日間でも、一人だけきっちり帰宅して熟睡していたし、城の台所で漬物の塩加減に講釈を垂れたりしていたが、誰に咎められることもなく、大事な局面ではたまたま居合わせることが出来ている。

「なあ、無茶やんな、籠城なんて……」

と、もう一度源五は囁いたが、

「籠城、決戦や！」

と青筋を立てて叫ぶ神崎の耳には届かない。

源五も試しに、

「籠城！」

と一緒になって叫んでみたが、しばらくすると、

「ほんまかいな」

という心境になって、不思議そうに周りを見回した。

その時、後ろから、

「御免、御免」

という声がした。振り返ると、使い番の多川治左衛門《たがわじざえもん》（年収四百六十二万円）が来るのが見えた。


（来たか）

と奥野将監はかすかに緊張した。

人をかき分け、かき分け、やって来た多川に耳打ちされた将監は、重々しくうなずいてから、背後の内蔵助に向き直った。

「御家老。広島と、それに大垣《おおがき》から、御親戚の方々が……」

すでに先触れで知ってはいたが、広島の浅野本家および、同じく親類筋の美濃《みの》大垣藩、戸田《とだ》家からの使者が到着したという知らせであった。

将監は、誰より冷静であった。

この場の席次は次席家老の大野に次ぐ第三位であるが、番頭《ばんがしら》という軍事上の要《かなめ》というべき重職も担《にな》っているから、番方としての地位は第二位である。大野という図抜けて優秀な能吏が内匠頭に取り立てられてから家老に昇進するという望みは絶たれたが、禄でも内蔵助に次ぐ千石という高給取りであり、家柄も名門。統括する「奥野組」の馬廻《うままわり》たちにしても自分に私淑《ししゅく》する者は多いと自負している。

将監は、大評定で意見がまとまるわけがないと、ハナから予想していた。

なんといっても、我らは分家である。たった五万石の赤穂浅野家に対し、広島の浅野本家は四十二万六千石。殿の従兄弟《いとこ》であられる戸田采女正《うねめのかみ》が治める大垣藩にしても、我らの倍、十万石である。二家の意見は絶大であった。

将監の呼びかけに、

「うむ……」

と一言つぶやいて、内蔵助は腰を上げた。

相変わらずの昼行灯ぶり、こんな時でも挙措はのんびりしたものだが、この人はこれでよい、と将監は思っていた。

「お待ちくだされ！」

とそれを遮ったのは吉田忠左衛門である。

「ここは、御家老の意見を聞かな！」

そういえば、ここ三日間の大評定のさなかも、内蔵助の声はほとんど聞かれなかった。それが〝昼行灯〟などと揶揄《やゆ》される御家老の常の姿であることは周知のことであった。実際、内蔵助の発した言葉はこの三日間で「まあ、の」「そやな」と今の「うむ」の三言だけ。一日一言だ。

だが、将監は知っていた。この人は根っからの〝武士〟で、大の〝いくさ好き〟である。方々に妾を囲っていると聞いているが、もし戦国の時分の豪放磊落《らいらく》な猪武者《いのししむしゃ》気取りならばそれも頷《うなず》ける、と好意的に受け取っていた。つまり、このような非常時にこの人が断を下すとあれば、十中八九、いくさ、すなわち「籠城」に違いない。それが番方筆頭の心意気だろう。事実、忠左衛門がこの時、内蔵助へ意見を促したのも、その好戦的な一面を見込んでのことに違いあるまい。親戚連中に口出しされる前に、ここで一気に衆議を決し、籠城、決戦に持ち込もうという腹なのだ。

「そや！」「御家老！」と皆の視線が一気に内蔵助に注がれた。

「……」

困惑したような顔で一同を見回していた内蔵助は、しばらくして、腹を決めたように小さくうなずき、上座に座り直した。

その様子を見ていた開城派の面々が、もぞもぞし始めた。

（余計なことを言わはらんように……）

などと心中で手を合わせているのだろう。ならばこうなる前に皆を納得させる意見の一つも言えばよかったのだ、と将監は苦々しく見やってから、内蔵助の言葉を待った。

物書役《ものかき》の中村勘助《なかむらかんすけ》（年収四百六十二万円）は上之間横に置いた文机《ふづくえ》で書記をとっていたが、いよいよ我らが命運を決める大事な御言葉が発せられると思うと、それを書ける喜びに胸を震わせ、勇んで筆を構えた。

一同が注目する中、内蔵助は、ポツリと呟いた。

「……近頃は、ほんまもんの武士がおらん」

何やら大きく、ドスンと響く言葉だった。

皆も勘助同様、威儀を正し、内蔵助を見つめた。

「わしら江戸で何と呼ばれとる？　〝火消しの浅野〟や」

「そや……」と小さく呟く声が、あちこちで漏れた。

「浅野が来たらどないな火事でもおさまる。浅野に消せん火はない。そう言われとる」

「おお！」「そや！」「火消しの浅野や！」と一同が口々に言い合っている。

彼らが思い描くのは、火事場に屹立《きつりつ》する殿の姿と、御家老、大石内蔵助の「潰せーい！」と命じる声、そして、自らの勇姿であろう。百年がとこ〝いくさ〟のない天下泰平の世で、我らが唯一《ゆいいつ》「ほんまもんの武士」になれた瞬間が、あの大名火消しの最中であった……。

勘助の目にも涙が溢れた。常に冷静なはずの物書役がこんなことではあかん、と歯を食いしばり、筆を握る手に力を込めた。

内蔵助は続けた。

「わしにはさっきから、殿の御声が聞こえるで……殿は、こう言うとる」

一同が身を乗り出す。

「さあおまえら、早《は》よぉこの火、消してみい！」

そう言い放ち、内蔵助はまた、目を閉じた。

一同は続きを待ち、静まり返った。

(どっちだ……？)

いよいよ自分が書く文字は、「籠」の字か、「開」の字か……。

だが内蔵助は不意に立ち上がり、大股で大書院を出て行った。

残された者たちは、しばし毒気を抜かれたように内蔵助の姿を追った。勘助も筆を宙に浮かせたまま、遠ざかる御家老の背中を見つめた。

手元の紙は書き残すべき言葉も見当たらず、白紙であった。

「ん？　なに今の？　どういう意味？」

と源五は思わず隣の神崎に小声で聞いた。

「そんなもん、籠城……ちゅうことやろ？」

「いや、火を消すゆうことは……開城？」

などと言う声も後ろから聞こえた。

「どっちゃねん……」

そんな源五同様、皆もすっかり困惑してざわつき始めるなか、

「消したるでぇ！」

と忠左衛門の叫ぶ声が聞こえた。

さっき、たしかに一度上がったはずの狼煙《のろし》を絶やさぬようにだろうが、御家老の真意が分かっているようには、到底見えなかった。

広島、大垣、三次といった赤穂浅野家の親戚にあたる大名たちは、三月十四日の松

城の大廊下の事件の直後から、連座を避けようと赤穂へ使者を送り、あの手この手で開城を促してきていた。内蔵助や大野、将監ら重臣一同が小書院之間に到着すると、広島浅野本家からの用人・井上団右衛門《いのうえだんえもん》は、やはり、挨拶《あいさつ》もそこそこに、

「大石殿。まさか、籠城しようなどという考えではあるまいな？」

と切り出した。

「あきまへんか？」

と内蔵助は挑発するように団右衛門を見返して、言った。

後ろに控える進藤や小山ら、開城派の面々が息を呑《の》む音が聞こえた気がした。

「あかん」

と横合いから割って入ったのは、戸田家の家老、戸田権左衛門《ごんざえもん》である。権左衛門の仕える美濃大垣藩主・戸田采女正は内匠頭の従兄弟ということで、血縁関係としては最も近しかったから、事件後、即座に江戸城への出仕を止められた。肩身の狭い思いをしていることは権左衛門の表情からも窺える。

「ここは弟君を立て、御家再興を願い出ろ」

と団右衛門に言われたが、内蔵助は、

「せやけど……」

と言い淀《よど》んだ。

「吉良やろ？」

権左衛門が鋭く言い放つ。

内蔵助たち一同は、その核心を突く言葉に思わず顔を上げた。

「そこは御公儀も気づいておられる。喧嘩両成敗。こたびの処置は行き過ぎた、とな」

「それは、吉良に沙汰が下される、っちゅうことですか？」

すかさず将監が言質《げんち》を取ろうとする。

「おお、そうじゃ、そうじゃ。そうでなくて、何が御家再興じゃ」

団右衛門も何がしかの手応《てごた》えを感じたのか、そう横から口を出した。

「吉良が大きな顔しとるっちゅうのに、大学殿はどのツラ下げて出仕できんねん。面目が立たへんやないか」

権左衛門がくだけてそう言った後、内蔵助の目をグイと見た。

「沙汰が至らぬとあらば、我ら親戚一同、おそれながらと訴え出たる」

浅野家親戚一同が力を合わせ吉良の沙汰を訴えてくれる。これほど心強いことはない。それならば……。

と、緊張を解いた内蔵助にもう一押しするのを、権左衛門は忘れなかった。

「大石殿。御家再興も、立派ないくさやで」

御家再興のための段取りなど何一つ思いつかなかったが、内蔵助は「いくさ」の一言で、権左衛門の中に、内匠頭の姿を見た。

これは、いくさだ。なんとしてでも御家を再興し、大学様を立て、藩士一同をこの赤穂に戻す。しかしそのためには、吉良の処分が最低条件。

長いいくさになろう。

内蔵助は闘志をつのらせた。まずは原や忠左衛門たちを抑えねばならない。権謀術数など得意とするところではないが、正面から言って聞かせる自信はあった。

(やってのけたる)

そう己を奮い立たせて内蔵助が小書院の間から戻ってくると、大書院は静まり返っていた。

「御家老……」

皆、向き直り、内蔵助を仰ぎ見た。

鼻をすする音も聞こえ、なぜか皆、思いつめた涙目である。

(何が起こった?)

　ざわざわと胸が騒ぐまま上之間に座ると、将監が皆を見渡し、

「話は決まった！」

　と号令を発して、続きを内蔵助に促した。

「うむ……」

　と内蔵助が言いかけるのを、

「いや！　聞くまでもない！」

　と忠左衛門の大声が制する。

「我ら一同、御家老の言に、すべて従いまする！」

　忠左衛門の横から久太夫が進み出て、紙の束を差し出した。

「これはそうした者たちの、誓詞血判にござりまする！」

　目を落とせば、誓約を破れば熊野権現《くまのごんげん》の怒りに触れて地獄に落ちるという、熊野牛《ご》王符《おうふ》に書かれた起請文《きしょうもん》で、血判の赤色も鮮やかに、ゆうに百枚は超えていた。

「あ？」

　戸惑う内蔵助をよそに、一同はなぜか感激の面持ちで内蔵助を見つめた。

「ついてはこの、菅谷《すがや》半之丞《はんのじょう》から……」

　と言う忠左衛門の横、下之間最前列の中央、先程から原が座していた場所に、いつ

のまにか涼しげな男が座っていた。

萱谷半之丞（年収四百六十二万円）。馬廻。番方である。

もし籠城決戦ということになったら、内蔵助が最も頼みとするのは、実はこの萱谷であった。

「もし……もしこの場に、山鹿素行《やまがそこう》先生がおられたら……」

半之丞が、そう静かに切り出すと、それだけで座に「おお……」「山鹿先生……」などの声が漏れ聞こえ始めた。

そうなのだ。赤穂浅野家家臣一同に染《し》みついている「赤穂侍」のプライドの根源は山鹿素行にあるのだった。

山鹿素行。世に知られた軍学者である。御上の官学である朱子学を批判したという廉《かど》で、寛文六年（一六六六年）、この赤穂に流され、内匠頭の祖父長直、父長友のもとで足かけ十年、蟄居《ちっきょ》生活を送った。その十年の間、素行は、藩主、藩士、その子弟たちに、武士とはかくあるべしと説き続けた。内蔵助や半之丞が十代の頃である。正直、内蔵助にはちんぷんかんぷんで、講義も休みがちであったが、家臣三百名のうち、もっとも山鹿流に感化されたのが、この半之丞であった。素行が公儀に許され、江戸へ戻った後、内蔵助は半之丞に山鹿流軍学の講義を請《こ》うたこともあった。

山鹿素行の教えにこういうものがある。

〝侍は、さぶらうの心なり〟。

武士たるもの、いつ何時でも非常時に備え待機、臨戦態勢であること。

半之丞はこの教えをいまだ忠実に守り、厳守していた。つまり、内蔵助のような単なる〝いくさ好き〟ではなく〝ほんまもんのいくさ人〟と言えた。

（まずい……）

将監は顔を曇らせた。

見回すと、進藤、小山といった、先ほど浅野家親戚衆と対面した面々も顔色を失いつつあった。大野だけが泰然自若としているのが癇《かん》に障《さわ》るが。

実は将監とて、籠城決戦という底意がないわけではなかった。もしそうなるなら武士としての本懐を遂げ、死に花を咲かす覚悟もできていた。

だが、今は違う。浅野家親戚筋は御家再興のために一肌脱ぐと約束してくれたのだ。事態はどうあれ、約を反故《ほご》にするのは武士としてあってはならぬことである。それなのに、またこのような物騒な話が出るとは。あの菅谷が山鹿素行の名を出すということは、考えは明白。すなわち、籠城決戦であろう。

（御家老、流されるんちゃうか？）

内蔵助の顔色を窺い、将監は気が気でなかった。

だが、いきなり籠城決戦を説くほど、半之丞は浅薄ではなかった。

「あの山鹿先生なら、こう言ったことでしょう。すなわち……賄賂につき、役儀を欠くの輩《やから》は、不忠たるべき事なり！」

深いどよめきが聞こえた。

「え？　何？」

山鹿流など避けて通ってきたであろう大高源五の声が聞こえたが、そうした者は少数派だろう。

意味はこうだ。賄賂をもらうことに執心し、役目に支障をきたす者は、そもそも不忠者である……。すなわち、吉良《きら》のことである。

「つまり殿は、亡き山鹿先生の教えを守られた……そういうことやおまへんか？」

忠左衛門が涙声を絞り出して叫んだ。

半之丞は続けて、

「また、諸奉行役人は贔屓偏頗《ひいきへんぱ》の沙汰仕《つかまつ》るべからず！」

「いくら御公儀とはいえ、えこひいきはあかん！　そういうことやおまへんか？」

今度は忠左衛門が解説を加えた。あからさまな幕政批判でもあった。

将監が思っていた以上に、半之丞の舌鋒《ぜっぽう》は鋭かった。

「そや！　えこひいきは、あかん！」

久太夫までもが同調すると、座は「そうや！」「その通りや！」の声に包まれた。

「そや……」

なんと内蔵助の口からも、小さな呟きが漏れた。

将監は驚愕《きょうがく》した。

（流されはった……）

「さすれば！」

半之丞がさらに続ける。

「臣たる我らが取るべき道は、ただ一つ！　幕府御役人が到着次第、御家老始め御重臣の方々には、吉良の処分を訴え」

半之丞はしばし間を置いた後、はっきりと言い切った。

「切腹して頂きまする！」

進藤や小山の顔が真っ青になるのが見てとれた。

どうしてそうなる？　親戚筋との約束は？　慌てて内蔵助を振り返ると、

「おお！」

と気合十分にうなずく内蔵助が、そこにいた。その頰《ほお》は紅潮している。

もはや座の殆どの者が半之丞の弁舌に魂を奪われていた。

万事休す。しかし次席家老の大野が動く気配はない。やはりここで意見を言うべきは自分しかいない。将監はジリジリと発言する間合いを計っていたが、差し込める余地はどこにも見当たらなかった。

「その上で城門を閉ざし、残った者たちで徹底抗戦！　そこまで決死の覚悟を見せれば、必ずや……」

半之丞はすでに、仕上げにかかっている。

その時……、

「なんや、これはーっ！」

と廊下の方で、先ほどから姿が見えなかった原の怒声が轟いた。

内蔵助はハッと我に返った。

原は、岡島と、武具奉行の灰方藤兵衛《はいかたとうべえ》（年収六百九十二万円）を後ろに従え、帳簿を掲げながら上之間へと近づいてくる。

「鉄砲百五十挺《ちょう》！　大筒七門！　それに槍、弓、火薬！　それを大坂商人、庄兵衛《しょうべえ》が落札！　城の武具一切、すでに売り払われとりますぞ！」

座は騒然となった。

「武器なしで、どうやって戦え言うんですか！」

馬廻の近松勘六《ちかまつかんろく》（年収千百五十四万円）が激昂して立ち上がる。それを合図に、過激な番方どもが次々と立ち上がった。

原たちの後ろから、勘定方の面々も青い顔をして入ってくる。

いつまでも算盤を弾いていた理由はこれか、と内蔵助は気色《けしき》ばんだ。

皆の怒りの矛先は勘定方に向けられている。今にも斬り捨てんばかりの番方どもの勢いに、勘定方の面々は身をすくませた。

（どういうこっちゃ……）

原は鼻息荒く一同を見回してから、ゆっくりと上之間に向き直った。

「大野はん……あんたがやらせたそうやないか」

一同は大野に注目した。内蔵助も横に座る大野を見つめた。

原に見下ろされた形の大野は、大きな目玉で原を睨《にら》みつけたまま、ゆっくりと立ち上がった。

「割賦金《かっぷきん》やがな」

「かっ、ぷ？」

意味が分からず、思わずそう呟いたのは、内蔵助であった。

割賦金とは、退職金のことであった。

藩札交換が済んでも大野らが勘定方に命じていたのは、この退職金の分配についてであった。つまり大野にとっては最初から、籠城決戦など想定外だったということだ。

赤穂藩の総収入三十億円のうち、藩札交換で城内の銀は全《すべ》て吐き出され、残る金の使い途《みち》が、この割賦金であった。

久太夫が原の前に割って入り、大野に詰め寄った。

「我ら一同、籠城、決戦と決まっとる！　割賦金などいらん！」

「開城や。さっき決まったがな」

大野はことも無げに言い放った。

たちまち一同はざわついた。

「ご、御家老……？」

忠左衛門が当惑した顔で内蔵助を見つめる。

「それはやな……」

うまく説明できず、内蔵助は言葉を濁すしかない。

「あの……」

喧騒の中、末席で手を挙げる者がいた。

「なんや！」

原の怒声にもめげず、おずおずと立ち上がったのは、大高源五である。

「籠城すると、割賦金はもらえへんのですか？」

さすが源五である。安月給の下級武士の分際でこんなことが聞けるのは、この男だけだ。

「な……」

とだけ言って原が言葉を呑んだ。周囲から「そや」「どうなる？」とざわつく声が聞こえ出した。

「矢頭《やとう》」

突然、大野に名指しされ、おずおずと前へ進み出たのは、身の丈五尺そこそこの、貧相な小顔の小男である。

矢頭長助《ちょうすけ》。勘定方。禄はわずか二十石と五人扶持《ぶち》（年収二百六十六万円）。

内蔵助と同い年であったが、何せ生まれた時からこの家格の差である。子供の遊びでも平等に扱われた覚えはなく、いくさごっこでは万年足軽だったし、相撲をとるとなれば行司役ばかりやらされ、自分の凧《たこ》よりはるか上空を舞い上がる内蔵助の大凧を、ただ黙って見上げていた。長じるに到ってその差は広がる一方で、いつしか長助は、内蔵助と交わるのを避けるようになった。もとより口数は少なく、口を開いても声は小さく、人づきあいも殆どない。定時に登城し、一日中算盤を弾き、定時に帰り、酒も呑まない。

長助は伏し目がちに源五の方を向いた。

「籠城しても割賦金は払えますけど、そしたら武器買い戻さなあかんし、だいぶ少なりまっせ。あんた、禄はたしか、わしと同じ……」

「二十石と、五人扶持……」

「二両一分（二十七万円）」

長助は即答した。

「え……」

絶句している。それはそうだろう。これから牢人暮らしが始まるというのに、そんなはした金でやっていけるわけがないことなど、自明だ。

「そんだけ……？」

源五の動揺は他の家臣たちにも伝播し、大書院に暗い影を落とした。

「ほんなら、戦わん場合は……」

「大高っ！」

と久太夫の叱責《しっせき》が飛んだが、長助は構わず続けた。

「十五両（百八十万円）」

源五の頬に思わず笑みが浮かんだ。

「ほかに、今年度分の扶持もお支払いできます」

と勘定方の同僚が付け加えた。

「おおっ」「それは有り難い」などの声が漏れた。

退職金の他に、給与一年分。

長助は家臣たちの安堵《あんど》が広がっていくのを感じとっていた。

「小さなことからコツコツと……」

大野が家臣たちをかき分けるようにしながら話し出した。

「先々のことを考えて、貯《た》めてきた金や。見たやろ、大手門にたむろしとる、あの薄汚い牢人どもを……」

家臣の一人に顔を近づけ、言っている。

「遅かれ早かれ、わしらもあないなるんやで」

場は大野の気迫に飲まれ、水を打ったような静けさである。

「だからこそ、城を枕《まくら》に……」

と久太夫が進み出て言った。

「ほんなら、残された者はどないするの？」

「そんなん……」

と久太夫は一瞬言葉に窮したが、

「一緒に死ぬ！」

そう吐き出した。

その言葉にうつむく者も少なからずいた。気まずい空気が流れた。

忠左衛門が立ち上がり、吠《ほ》える。

「それが武士というもんや！　おまえら役方にはわからん！」

（あっ、言わはった）

と長助は思った。

番方と役方。目に見えぬ深い河は、いつもこの城内に流れていた。ただ、誰もが口にしなかっただけだ。

「あんたら番方だけが、武士とちゃうがな」

大野は、これまでの鬱憤《うっぷん》を吐き出すように言い捨てた。

「ほんなら、武士の意地を見せんかい！」

久太夫と同じく大目付の早川惣介《はやかわそうすけ》（年収千十五万円）が叫んだ。早川も、武辺の者である。

「そや！　算盤勘定で、いくさはできひんぞ！」

と原も進み出て言った。

大野の体が小刻みに震えだした。

「……いくさ？」

積年の恨みつらみか、その顔は朱《あけ》に染まり、目玉は今にも飛び出さんばかりである。

「いくさなんぞ、一度もしたことないやろが！」

大野が声を張り上げた。

（修羅場や……）

長助はそう思った。

おまえらがいくら叫んだところで、それは、いくさごっこだ……内蔵助は、そう言われた気がした。番方一同、返す言葉に詰まっている。

突然、大野が背を向けた。

あろうことか、人をかき分け、そのまま大書院を出て行く。

一同は呆気《あっけ》にとられて見送るばかりである。

「お、おい、待て！　どこ行く！」

内蔵助は立ち上がり、大野の後を追った。

「待て！　待たんかい！」

大野は長廊下をどんどん進み、突き当りの勘定所の角を曲がり、そのまま出て行ってしまった。呆然と立ち尽くす内蔵助を、廊下の若い家臣たちが憐《あわ》れむように見てから、皆、一様に目を逸《そ》らした。

内蔵助は大書院に戻り、一同を見回した。

あの籠城決戦の熱気が、嘘《うそ》のように冷めきっている。

半之丞が音もなく背後に近寄ってきて、内蔵助に囁いた。

「機を、逸しましたな……」

「……」

内蔵助は上之間に戻り、一同に相対した。山鹿素行の教えなどすっ飛んでいた。

「……御家再興も、立派ないくさや」

籠城派の面々が、肩を落とした。

内蔵助は、自嘲《じちょう》の笑みを浮かべて、告げた。

「……開城しよ」


内蔵助は自邸の縁側に寝そべって煙管《キセル》をふかしながら、庭で遊ぶ子供たちをぼんやりと眺めていた。長女のくうは、今年十二歳。腺病質《せんびょうしつ》な次男の吉千代《きちちよ》はその一つ下で、二人とも、三つになったばかりの次女のるりの世話をよく見てくれていた。

土間から庭にかけて商人たちが忙《せわ》しなく出たり入ったりして、家財道具や先祖伝来の武具に値をつけ、運び出してゆく。

大石家は、進藤の世話で京の東、山科《やましな》の外れに転居することになっていた。馬も必要ないから、売られていく。内蔵助がふと見ると、栗毛《くりげ》の馬が厩《うまや》から出されるところだった。子のない主君、内匠頭は内蔵助の長男の松之丞《まつのじょう》をいたく可愛《かわい》がり、まだ幼年の松之丞が無邪気に「馬がほしい」と言ったのを真に受けて、自慢の名馬のうち一頭を授けてくれたのだった。

「松之丞。おまえの馬、行ってまうで。殿にもろた馬」

と内蔵助が振り返って室内を見ると、理玖と松之丞は一心に算盤《そろばん》を弾《はじ》いていた。松之丞は今年、十四になる。近々元服させようと思っていた矢先のこの事件であるから、いまだ前髪を残していた。

「……あっちもこっちも算盤かい」

大評定から四日が経《た》っていた。ここ数日、内蔵助は勘定方に出入りして、割賦金の算出に明け暮れた。陣頭指揮に立って城の足軽具足、槍、鉄砲などの武具と、十七艘《そう》の船をことごとく売り払い、割賦金と給与一年分を足した総額は、金にして一万九千六百十九両（約二十三億五千万円）にもなった。

「畳も売ってええんやろか？」

理玖が帳面に目を落としたまま呟いた。

「ええんちゃう？」

「しかし、屋敷が返上なら、畳も一緒に返さねばあかんのでは？」

生真面目《きまじめ》な松之丞が横から口を出した。

「かまへん、かまへん。それより、松。馬行ってまうで」

「父上は、殿の敵《かたき》を討とうとは思わへんのですか」

突然、松之丞は父に正対し、まっすぐに問い質《ただ》した。

「何や、いきなり。討たんでも、いずれ沙汰《さた》が下るがな」

満足のいく答えではなかったのか、松之丞は唇を嚙《か》み締め表へ飛び出して行った。長屋門を出る寸前の馬には追いついたようだ。

「殿様には我が子のように可愛がって頂きましたからなあ。それより……」

と理玖は立ち上がり、内蔵助のいる縁側の方へやってきた。

「さっき小山の叔父様から聞きましたけど、旦那《だんな》様はお一人だけ、割賦金を受け取らんかったとか」

「あ、ああ……。皆、うちほど金持っとらんからの」

御取潰《おとりつぶ》しとなれば藩士たちは新たに住居を探さなければならず、その引っ越し費用なども考えると、割賦金はどれだけ節約しても、せいぜい一年ほどの生活費にしかならない。割賦金の分配方式は未《いま》だによく分からなかったが、大野はやはり大したもので、高給取りほど支給の割合が減るという、下級藩士の困窮を予想して考えられた、温情溢《あふ》れるものであった。

ならば自分ができることは……と内蔵助は割賦金を放棄した。

大野への嫉妬《しっと》か、意地か、内蔵助にも定かではないが、ほんの一時の感情からであった。

（叱《しか》られるのか？）

と身構えた内蔵助に、理玖はにっこりと微笑《ほほえ》んだ。

「ご立派や」

「そうか。わしは、おまえに誉められるのが一番」

嬉《うれ》しいんやで、と言いかけた内蔵助を理玖が制した。

「そやけど、これは受け取ってもらいまっせ」

理玖は小判の包みを三つ、床に置いた。

「なんや、これは」

「割賦金です」

理玖の顔からスッと笑みが消えた。

「お妾《めかけ》の方々へ、お一人頭、十五両」

愛人との手切れ金である。一人につき百八十万円で、三人分。

「まさか、山科へ連れて行ったりしまへんやろな？」

連れて行こうとしていた。

内蔵助は引きつった笑みを浮かべ、

「つ、連れてかへんがな……」

と包みを受け取りつつ、目を泳がせながら、理玖を見上げた。

「……もう一つ、もらえるか？」

「また増えましたんか！」

去りかけていた理玖は、鬼の形相で振り返った。

「えっ。畳、売ったらあかんのかいな」

「畳はあきまへん」

蔵奉行の貝賀《かいが》弥左衛門《やざえもん》（年収百八十七万円）が冷たく言い放った。割賦金を捻出《ねんしゅつ》するための諸々《もろもろ》の売却で、とりわけ内蔵助に迷惑をかけられたのが、この弥左衛門である。御家老本人は陣頭指揮に立っているつもりだろうが、少しでも高く売ろうと必死な弥左衛門と商人の間に口を挟み、殿様商売さながらの大盤振る舞いでかえって大損させてしまうという体たらくであった。

「大野はんがいはったら……」

もちろん内蔵助の耳には入らなかったが、勘定方の面々と、そう愚痴をこぼしあった。

大野は結局、よくよく腹に据えかねたのか、割賦金の分配方式の指示を済ますと、その足で家族を引き連れ、城下を逐電《ちくてん》してしまった。

(あたりまえだ)

算盤勘定でいくさはできないだと？　あいつら番方がこれまで、どれだけその算盤に助けられてきたか分かるまい。

弥左衛門は、あの番方の気骨溢るる吉田忠左衛門の実弟であった。だが歳も離れていたし、物心がつく頃には母方の貝賀家へ養子に入っていたから、番方の洗礼は受けていない。出仕してから役方一筋、大野の薫陶《くんとう》を一身に受け、小さなことからコツコツと、長助とともに日々算盤を弾いてきた男であった。

「屋敷には畳も含まれるっちゅう御公儀のお達しです」

あえて突き放した物言いで言ったが、内蔵助はその悪意に気づく風もなく、

「ほんまかあ」

と、のん気なため息をついた。

内蔵助の目の前では割賦金の支給が行われていて、勘定所の前に長い列ができていた。いつも笑みを絶やさぬ茅野和助《かやのわすけ》(年収百九万円)が神妙に割賦金を受け取って

懐《ふところ》に抱き、深々と頭を下げている。

和助にとって、二度目の御家御取潰しであった。

もともと美作《みまさか》国津山藩・森家の家臣であったが、家督相続の揉《も》め事が起こり、主家は改易の憂《う》き目《め》に遭った。茅野が三十になる年である。その後、江戸で内匠頭の目に留まり、運良く赤穂浅野家に再仕官出来たのがまだ四年前。そこでまたしてもの災難だから、よくよく運がない。

「おう、茅野。気張らなあかんで」

内蔵助が声をかけると、茅野は顔を綻《ほころ》ばせた。

「行くあてはあるんかいな？」

「城下に安い屋敷を見つけました。嫁も子も、赤穂をすこぶる気に入っとりましてな、他所《よそ》に行きたない言うんですわ」

(嘘や……)と内蔵助は思った。もはや故郷の美作に頼るべき親類縁者はいないに違いない。屋敷といってもおそらく長屋だろう。茅野の割賦金といえば十両(百二十万円)そこそこ。子もまだ小さいはずだが、武士の子が急に貧乏長屋に住まわされて、町民の子らとうまくやって行けるだろうかと案じたが、この父の子なら大丈夫だと、茅野の笑顔を見て内蔵助は思った。それにしても……、

「二度もこないな目に遭うとはなあ」

「人生、何があるか分かりまへんな」

と茅野はおどけたが、さすがにその笑みは寂しかった。

ここ数日、退散する家臣たちが続いた。親類縁者のいる者はそれを頼って赤穂を離れたが、茅野のように屋敷を追い出され、近場の城下に居を移す者も多かった。かつての自邸にヨソ者が住まうのを近くで見るのはさぞや辛かろう。

内蔵助は、割賦金を大事そうにかき抱いて帰っていく、その一人一人の背に、

(必ず御家再興したる。そん時は皆、帰ってくるんやで)

と心中で語りかけた。

半之丞の姿もあった。

「菅谷。行く先は決まったんか」

「備後三次に姉が嫁いでおります。寒山拾得《じっとく》を気取っての隠棲《いんせい》生活……と言いたいところですが、ま、居候《いそうろう》ですな」

と、この男も笑った。

その眩《まぶ》しい笑顔に応えるように、

「わしは、お前の考えは正しいと思う。御家再興が叶《かな》った暁には、なくてはならん男

や。いくさやのうても、その山鹿流の腕、存分に振るうてくれ」

と告げて肩に手を置いた。

「ありがたき御言葉にて」

深々と頭を垂れ、半之丞は赤穂城下を去っていった。

四月十八日、幕府収城使の荒木十左衛門《あらきじゅうざえもん》と榊原采女《さかきばらうねめ》が、噂《うわさ》通りの四千の軍勢を従え、城に到着した。内蔵助と将監、久太夫らは城の見分に応対し、翌十九日の明け六ツ半(午前七時)、いよいよ城の明け渡しが始まった。

内蔵助らは折に触れ、閉門中の大学長広の赦免だけではなく、「面目も立ち、人前がなるように」求めた。幕府に再び奉公したとき、上野介があいかわらず奉公しているのでは大学は身の置き所もない。つまり、吉良の処分をほのめかす嘆願を、平身低頭して訴えたが、その都度、話をそらされ、または聞こえぬふりをされ、時にはあからさまに無視されて、袖《そで》にされた。

一刻《とき》半ほどで引き渡し業務が全て終了すると、もはや城の住人ではない内蔵助らは、正面の大手門ではなく、裏の清水門から出て行くように申し渡された。

城を一歩出て、名残惜しげに振り返った忠左衛門の、無情にもその鼻先で、門が閉まった。

「皆、戻ってきいや。必ず御家再興させたるさかい……戻ってきいや……」

男泣きに泣く忠左衛門につられ、内蔵助の目にも涙が浮かんだ。


こうして御城の引き渡しは無事に終わったが、内蔵助と役方の者、三十数名は赤穂城下の遠林寺《えんりんじ》に移り、残務処理に精を出した。

（御取潰しは、地獄や……）

長助は算盤から顔を上げ、寺内に構えた会所をぼんやりと見回した。

中村勘助ら物書役は、他国へ離散する家臣たちへ、身分を証明する関所越えの証文や宿証文を無数に書き続け、指も腕もつり、糸で筆を指に固定せねばならぬ有様だった。潮田又之丞《うしおだまたのじょう》（年収九百二十三万円）や木村岡右衛門《きむらおかえもん》（年収六百九十二万円）といった絵図奉行の二人も、床に広げた御城や城下の絵図面の作成で腰が曲がり、伸ばすたびに小さな悲鳴をあげている。勘定方の面々は、めくってもめくっても減らない手形を相手に、算盤の珠《たま》も弾け飛び、指には血が滲《にじ》み、膏薬《こうやく》を貼《は》った指では不都合だから慣れぬ指で弾いてみるが、その指からもすぐに血が吹き出た。皆、目は落ちくぼみ、頬はこけ、寝る間も惜しんで続けても終わりが見えぬ、無間《むげん》地獄の様であった。

長助は縁側に視線を移した。

（何しとんねん……）

忠左衛門と久太夫が、遠くに見える赤穂城を、ぼんやりと眺めていた。

上座に置かれた忠左衛門ら三人分の文机《ふづくえ》はとにかくすっきりと清潔で、特に中央の内蔵助の机には帳面一つ置かれておらず、そしていつも空席だった。

「御家老、今日も来てはりまへんな」

弥左衛門の呟きに、長助は指の痛みに顔をしかめながら、

「来ても、やることあらへんがな」

と吐き捨てた。

「そんなん、聞いてまへん！」

と勘定方の一人が突然、声をあげた。

「どないした？」

と長助が振り向くと、赤穂郡代の佐々小左衛門《さささこざえもん》（年収四百六十二万円）が、証文の山に何かをそっと紛れ込ませようとしているところだった。見ると、額面が銀七拾壱匁九厘（十四万二千円）の手形である。

「代官様がうちに寄った時の飯代やがな」

佐々は、いかにも番方といった横柄《おうへい》な物言いで凄《すご》んだ。

ムッと押し黙る長助に代わって弥左衛門が、

「佐々様、そういうことは前もって……」

と言いかけると、上座の方から、

「出したって」

と涼しげな声が聞こえた。忠左衛門である。

いつもこんな調子である。銭が足りないといくら訴えても、今までが何とかなったのだから今回も「何とかならんか？」と高をくくり、耳を貸さない。

「わしらのこと、銭を生み出す幻術使いとでも思ってるんちゃうか」

昨日、茶漬けをかきこみながら愚痴ったばかりであった。

「なんですの、これ！」

とまた別の勘定方の悲鳴が聞こえた。

「何？」と弥左衛門が近づいてゆく。今度は『御家中、大坂調物代滞り……』つまり大坂に出張していた藩士の買物のツケが、金二拾両（二百四十万円）。

「そんなもん、なんで今になって……」

「わしかて知らんがな！」

と手形を出した灰方が、やはり番方然と臆面《おくめん》もなく怒鳴った。

「出したって」

とまた忠左衛門が、涼しげに言った。並んで座る久太夫も、

「義理を欠いては、御家の恥や」

と、それが武士やで、と言わんばかりに、もっともらしく頷《うなず》いた。

長助は深いため息を吐《つ》いた。

その頃、寺の境内では、珍しく会所に顔を出そうとしていた内蔵助が、旅姿の三人組に囲まれていた。

「どういうことですか！」

と詰め寄ってくるのは、江戸詰の藩士、堀部安兵衛《ほりべやすべえ》（年収九百二十三万円）である。

この時、三十二歳の男盛り。赤穂浅野家といえば〝火消しの浅野〟だが、もう一つ、誰もが知るといえばこの男であった。

堀部安兵衛は元の名を、中山安兵衛という。越後《えちご》国新発田《しばた》の生まれで、父が牢人となり、安兵衛は十九の時に一人、江戸へ出てきた。高名な剣客、堀内源左衛門《ほりうちげんざえもん》の道場に通い、天賦《てんぷ》の才もあって、間もなく免許皆伝となったが、二十五の時に同門である

菅野《すがの》六郎左衛門《ろくろうざえもん》の不利な果たし合いに助太刀し、相手を何人も斬り倒した。これを江戸の庶民は〝高田馬場の決闘〟〝仇討《あだう》ち安兵衛〟などと名付けて、喝采を送った。安兵衛は一躍江戸の人気者となった。その安兵衛が執拗《しつよう》な誘いに根負けして婿《むこ》養子に入った先が、赤穂浅野家の江戸留守居役、堀部弥兵衛《やへえ》の家であった。新参者ではあるが、その評判から、内匠頭は破格の二百石を安兵衛に与えたのだった。

その安兵衛が、内蔵助に嚙みついてくる。

「こうもすんなり城を明け渡すとは何たる腰抜けぞろいかと、今や江戸中の笑い者です！」

風神雷神のごとく安兵衛の左右に並ぶ奥田孫太夫《おくだまごだゆう》（年収六百九十二万円）と武林唯七《たけばやしただしち》（年収百六十九万円）も、内蔵助に詰め寄る。

「江戸では、赤穂には忠義の者はいないのかと、町民どもまでが囃《はや》し立てておりますぞ！」

「江戸では……」

「江戸、江戸、江戸、江戸、やかましいです！」

内蔵助は嫌味ったらしく江戸弁を使った。

「しかしこれでは、武士の一分《いちぶん》が立ちませぬ！」

「そんなら、どないすんねん」

　安兵衛がさらに進み出て、凄んだ。

「……吉良を、討ちます」

　目が据わっている。

「討ちません！　いけません！　やめてください！」

　そう言い捨て、内蔵助は逃げるように寺へ入っていった。

　安兵衛らの気持ちも痛いほど分かるが、親戚衆《しんせき》との約束が先なのだから（自身、半之丞の論舌にはグラつきはしたが）、今さら御家再興を撤回して安兵衛らに同調することは、できぬ相談なのだ。

　このやりとりを物陰から見ていたのは、松之丞ら部屋住の若者たち、八人である。

　父は不甲斐《ふがい》ない、松之丞はそう思った。

　殿様へのお目見得も済んでいない者もまじっていて、大評定にも参加できなかったが、大人たちの出した結論には反対であった。いまだ出仕もしていなかった彼らには、番方も役方もなかった。いや、武士といえば、番方しか知らなかったかもしれない。主《あるじ》の恨みを臣として晴らす、すなわち、「吉良を討つ」ことに、何の疑問もない。

八人の中には忠左衛門の次男、伝内《でんない》や、久太夫の次男の定八《さだはち》、それに、長助の息子の右衛門七《えもしち》もいた。

「堀部様！」

と指導者格の吉田伝内を先頭に、八人は安兵衛のもとに駆け寄った。

「父が、すみません」

松之丞は深く頭を垂れた。

「我ら部屋住の者一同、堀部様と想《おも》いは一緒です！」

と伝内。

右衛門七も六尺近くの体軀《たいく》を反らせ、

「主君の敵《かたき》を討たぬは、末代までの恥！」

と、全く父に似ていない。

「我らにできることがあれば、何なりと！」

と言ったのは、間喜兵衛の長男、十次郎《じゅうじろう》である。

「頼もしいな」

と孫太夫に感心された。

唯七も、

「おぬしらが評定に出ていたら、話は違ったろうに……」

と言ってくれた。

「わかった、わかった……」

安兵衛が八人を一人一人見回している。

「その方らの心意気、この堀部安兵衛、しかと承った！」

武辺者の大声が、境内に響き渡った。

その安兵衛に負けぬほどの大声で、久太夫が吠えた。

「ないないないない言うといて、なんやこの金は！」

呼び出されて長助と弥左衛門が寺の奥座敷へ向かうと、帳簿を手にした久太夫が鬼の形相で待ち受けていた。隣には内蔵助と忠左衛門もいる。

ことあるごとに「出せまへん」「ありまへん」と突っぱねておいて、この帳簿にはちゃんと金が残っているではないかと、これは番方に通じている役方の誰かが、久太夫に密告したに違いなかった。

「とっとかな、あきまへんやん」

長助がふて腐れて呟《つぶや》いた。

「この期に及んで、何のためにとっとく？」

「御家再興ですがな」

「御家再興？」

「御家再興に、銭いるんか」

忠左衛門がのんびりと言った。

長助は呆《あき》れて弥左衛門と顔を見合わせた。

「いりますがな。幕府の御役人の方々、お目付の榊原様、荒木様……」

「……賄賂《わいろ》やないか」

内蔵助の低い声が響いた。久太夫と忠左衛門も、

「殿は、そういうもんを絶とうとしたんやぞ！」

「そんなもんが横行する御公儀が許せずに……」

と、畳を叩《たた》き、泣いた。

内蔵助がじっと長助を見据えたまま、言った。

「その金ぜんぶ、割賦金に回すで」

「は⁉」

何を言い出すのだ、この御仁は。長助は心中で呟く。

「知っとるやろ、御家老はご自分だけ割賦金を受け取らず……」

と久太夫が涙を拭《ぬぐ》いながら言い出した。内蔵助が割賦金を放棄した話は、美談のように藩士や城下に広まっていたが、勘定方にしてみれば、内蔵助一人分の割賦金など捻出しようとすればできぬこともなかったし、分配の計算が全て済んだ後に言われたから、算盤の弾き直しもあって、迷惑なことこの上なかった。さらに言えば、内蔵助が口を出して安く売ることになってしまった船の代金の損失と、内蔵助の割賦金は、ほぼ同額なのであった。つまりは、何もしてくれるな、というのが長助たちの率直な気持ちなのだ。

人気取りでも何でも構へんが、口を出さんでくれ。それよりも他に、もっと大切な使い途があるがな。

「アホか」

と、長助は思わず、そう口走っていた。

「……何やと⁉」

内蔵助の目がぎらりと光った。

弥左衛門が青くなっているが、長助は話を続けた。

「これやから番方は……今まで何一つ仕事せえへんかったくせに……」

「あ⁉」

内蔵助ら番方三人衆が気色ばむが知ったことではない。

「矢頭さん！」

弥左衛門が慌《あわ》てて口を挟む。

「あ、あの、そしたらほんまに、すっからかんになりますけど……」

内蔵助は、しばし長助を睨みつけていたが、

「慣れん牢人暮らしや。割賦金は、多い方がええ」

と無理に笑って、立ち上がった。

忠左衛門と久太夫も続いて出て行き、長助らは、ポツンと残された。

「無茶でっせ、矢頭さん……」

弥左衛門の言葉が冷んやりした夜気に吸いこまれていく。

「……大野はん、逃げて正解や」

長助は暗くつぶやいた。


ひと月が経った。

遠林寺の座敷には、三十数人分の膳《ぜん》が並んだ。

「えらい薄いな、これ……」

台所では、寺男たちの汁物の味付けに、台所役人の三村次郎左衛門《みむらじろうざえもん》（年収九十七万円）が顔をしかめた。

次郎左衛門の父も台所役人だった。跡を継いで、はや十五年。ずっと台所にいた。内匠頭刃傷の時も江戸の伝奏《てんそう》屋敷の台所にいた。鉄炮洲の上屋敷を引き払う時も、最後まで台所に立っていた。大評定があると聞いて急ぎ赤穂に向かったが、大書院に入れてさえもらえず、台所にいた。浅野家では台所役人は身分が低く、禄さえも足軽とさほど変わらぬ扱いだったのである。それでも健気《けなげ》に、皆さんお疲れだろうから、と握り飯や酒を大書院へ差し入れたりしたが蚊帳の外で、皆、次郎左衛門の姿を見ると、会話をやめた。

そんな仕打ちを受けていたから、今回の御取潰しでもっとも平静でいられたのは、この次郎左衛門だったかもしれない。牢人になるということに関しては、他の者たちより抵抗がなかった。御家が潰れてしまえば身分も何もなかろう。溜飲《りゅういん》が下がる思いもしたが、根が真面目な男だったから、父の代から五十年続けてきた職務を最後の最後まで全うせねばと、地獄の残務処理の裏側で、黙々と台所仕事に精を出してきた。

そうして、ひと月が経ち、ようやく残務処理も終わって、今日はその最後の腕の振るいどころだった。内蔵助から大枚を渡され、最後の晩餐《ばんさん》の采配《さいはい》を命じられたのである。役方の面々の苦労は傍で見ていても涙ぐましいものがあったから、次郎左衛門の気合も尋常ではなかった。

「皆、このひと月の間、ご苦労やった！」

ひと月の間、ほとんど何もしなかった内蔵助が、笑顔で言った。膳には、次郎左衛門が腕によりをかけた品々が並んでいた。

「御公儀より、見事な後始末とお誉めの言葉を賜った。御家再興の見込みも大いにアリと、そうも申されとった」

「おお！」と一同は感激した。

「これはわしからの心尽くしや。今宵《こよい》は存分に飲み、食うてくれ！」

皆が酒を注ぎあい、膳に箸《はし》をつけ始めるなか、次郎左衛門は座敷と台所を行ったり来たりして、寺男に細かい指示を出し、愚直に酒を運んだ。

そんななか、将監や進藤ら重臣たちが入ってきた。相変わらず自分のような者には一瞥《いちべつ》もしないが、次郎左衛門は途中で膳が増えることなど織り込み済みで、淡々と支度を始めた。だがひとまず徳利をと振り返った時には、将監たちの姿も内蔵助の姿も、すでに見えなくなっていた。

「御家老。ちと、ご相談が……」

と将監らに連れられて内蔵助が奥座敷に入ると、しばらくして、ここ遠林寺の住職・祐海《ゆうかい》が現れた。この和尚《おしょう》はいつ見ても福々しい笑みをたたえている。

「聞けば和尚は、江戸の鏡照院の御住職と御心安い仲だとか……」

と進藤が切り出した。和尚は笑みを絶やさぬまま、

「心安いも何も、相弟子でしたからな」

と、鷹揚《おうよう》に答えた。

「ありがたい！」

進藤は、ポンと膝《ひざ》を叩いた。

「ほんならその御住職から、護持院《ごじいん》の隆光《りゅうこう》様に取り次いでもらえまへんやろか」

「隆光様っちゅうたら……」

聞き覚えのある名に、内蔵助が反応した。

将監が満面の笑みで内蔵助に向き直った。

「はい。将軍綱吉《つなよし》公のご寵愛《ちょうあい》も深い、あの隆光大僧正《だいそうじょう》ですわ」

将軍綱吉が帰依《きえ》した護持院の大僧正、隆光は、特に綱吉の母、桂昌院《けいしょういん》の寵を受け、

絶大な権力を握っていた。悪名高い「生類憐みの令」の影の立案者とも言われている。

「その大僧正に浅野家再興のお力添えを頂ければ、百人力でっせ」

「お力添え……」

嫌な予感がした、と同時に鋭い視線を感じて、庭を挟んだ会所に目をやると、長助がこちらを睨んでいた。

〝お力添え〟とはつまり、御家再興工作のことだから、そこには〝付け届け〟が発生する。第一、祐海和尚が江戸へ行くだけで、少なく見積もっても片道三両（三十六万円）はかかるだろう。もちろん、それだけでは済まない。和尚一人ではなく、供の僧が何人か同道するはずだ。

内蔵助と目を合わせると、長助はぷいと視線をそらして、また算盤勘定に戻った。

「では、来月にでも江戸へ発《た》ちますかな」

と和尚が言うと、将監らは「頼りにしております！」「よかった、よかった！」「これも何かのご縁でしょうな」と手をとり合って喜んだ。

（えらいこっちゃ……）

余り金はすべて割賦金に回す……内蔵助がそう宣言して、ひと月。

不服そうな長助らをよそに、金はすべて、離散する家臣たちに残らず分配された。

（自腹か？）

それも覚悟したが、ひとまず忠左衛門や久太夫に相談するのが先だ。

和尚のもとを退出し、将監らを見送った後、内蔵助は宴席へ戻った。

宴もたけなわ、一同は、

「赤穂ォ岬ィに桜が咲きてェ」

と赤穂の浜方に伝わる浜子唄《うた》の大合唱中であった。

膳の間を縫って黙々と働く次郎左衛門をつかまえて、内蔵助は問うた。

「吉田さんは？」

「はぁ、あちらに……」

泣き叫びながら唄を歌う忠左衛門は、正体不明に酔いつぶれていた。

「ほんなら、久太夫は？」

「こちらに」

と次郎左衛門が指差したのは、まさしく内蔵助の足元で高いびきをかく久太夫だ。

「あかんな……」

「どないしました？」

心配そうに聞いてくる次郎左衛門に、内蔵助は尋ねた。

「膳は余っとるか？」

西陽で橙色《だいだいいろ》に染まった会所で、長助は一人、算盤を弾いていた。

宴に加わる気もないし、第一、まだ残務処理は終わっていなかったのだ。

大野に言われていたことがあった。

番方を信用するな、金の使い途を知らん奴《やつ》らに、〃ほんまの余り金〃を渡したらあかん。

会所に近づいてくる足音が聞こえた。長助は帳簿を閉じ、別の帳簿と差し替えた。

やってきたのは、膳を二つ持った内蔵助であった。

内蔵助は長助の横に膳の一つを置くと、

「冷めるで」

とわざとらしく、長助の背を叩いた。戯れのつもりだろうが、叩かれた方にすれば案外、痛い。力加減を知らぬ、いかにも番方らしい叩き方で、こういうところが、昔から嫌いだった。

内蔵助は縁側に座って酒を飲み始めた。

「長助……この季節は、そこの熊見川でよう遊んだのう」

唐突に昔話を始めた。どうせ結局は金の無心だろう。「なんとかならんか？」という、その一言に、今日までどれだけ苦しめられてきたことか……。

「わしは泳げんから、見とるだけでしたわ」

「同い年の竹馬の友っちゅうと、わしとおまえと……」

「二十石と千五百石」

年収二百数十万円の貧乏侍の息子と、七千万円の家老の息子であるから、

「着てるもんから違いましたけどな」

「そんなん、子供の遊びには関係あらへんがな」

「大人になると如実《にょじつ》に差が出ますな」

「……」

内蔵助はもはや言葉が続かぬようだった。そのくせ無理矢理のように、

「懐《なつ》かしいなあ」

と口にすると、空を見上げ、しばらくそうしていた。宴席の方から聞こえて来る浜子唄に合わせ「赤穂ォ岬ィに」と小さく歌ったりしてみせたが、運悪く、唄はすぐ止《や》んでしまった。

そろそろあの言葉が出てくる頃合いだ。

「なんとかならんか?」

やっぱりな。

「なりまへんな」

ピシャリと、長助は返した。

(全部割賦金《かっぷきん》に回せ、言うてたやないか)

そこまでは口にしないが、十分やり込めたつもりだった。これで土下座でもするんやったら、話も違うんやけどな……などと思っていた所へ、弥左衛門が帰ってきた。

「ほんま地獄でっせ、御取潰しは」

そう大声で言う弥左衛門からは、書棚に遮られて内蔵助の姿は見えない。

(あかん……)

長助は必死に目配せをしたが、弥左衛門は気づかない。

「あいつら手の平返しよって。こんだけ粘っても三十両とちょっとですわ」

と手文庫に金をしまいながら内蔵助と目が合い、弥左衛門は絶句した。

「……なんや、その金は?」

金の無心を断られて意気消沈していた男はもうそこにはいなかった。

代わりに、仁王像がいて、弥左衛門を射すくめたまま立ち上がった。

「おまえら、いっつもそうや。わしらに隠れてコソコソと。そこにいくらある？　なぜ隠す！」

その剣幕に、斬《き》られるとでも思ったのか、弥左衛門はぶるぶると震え出した。

「……使い方、知らんからや」

思わず、長助はそう吐き捨てた。

「何っ？」

「わしらずっと、こんなんばっかりやっとったんです。小さなことからコツコツと、先々のこと考えて、余り金作って」

長助はつっかえつっかえしながら、思いの丈を話し出した。

「吉良が賄賂好きなことくらい、皆知っとりますわ。そやから余り金つけて江戸に送ったんです。ない中から絞り出した、大事な大事な余り金でっせ。なんでそれを使わんのです？　なんでそれで、わしらが放り出されなあかんのです？」

斬られても構へんとばかりに、亀《かめ》のように首を伸ばし、長助は内蔵助を見上げた。

内蔵助は、しばし長助を見ろしていたが、やがてどっかと床に座り、

「わかった」

とだけ言った。「すまんかった」の一言はなかったが、長助の言い分を認める形だ

った。

「……で、その銭は何や？」

長助は返事をしなかった。

内蔵助の方がしびれを切らしたのか、床に座り直して言った。

「ちゃんと使うがな！」


「五千両（六億円）⁉　なんや、それ！」

夜も更《ふ》け、皆が帰って静まり返った会所では、内蔵助と長助、弥左衛門の三人だけが燭台《しょくだい》の灯の下で顔をつきあわせていた。

「瑤泉院さまの、御化粧料です」

「瑤泉院さまて……ああ、奥方さまか」

内蔵助はここしばらく、内匠頭の正室、阿久里のことを失念していた。浅野家の江戸屋敷を追い出され、赤坂今井谷にある阿久里の実家、三次浅野家の下屋敷に移ったのは聞いている。

阿久里は赤穂浅野家へ嫁いでからも、ずっと江戸の藩邸にいたから、内蔵助が会ったのは、だいぶ前になる。まだ子供といっていい年頃だったが、内蔵助はその冷たい美しさに畏怖《いふ》の念を感じていた。

（そういえば、落飾して〝瑤泉院〟になられたんやったな）

「で、なんや？　化粧料て？」

口ごもる長助に代わって、弥左衛門が引き継いだ。

「御輿入《おこしい》れの時の持参金ですわ。奥方さまはその一部を、浜方の塩間屋に貸し付けられたんです」

「……塩？」

塩田の開発は瑤泉院が赤穂藩へ嫁いでくる以前から活発であったが、なおもその勢いに拍車をかけたのが、この阿久里の化粧料であった。

その金を回収するという手がある、と弥左衛門は言っているのであった。

「せやけど、そら、奥方さまの金やろ？」

「それにつきましては」

と言いかけて、弥左衛門は長助を窺っている。

長助はほんの一瞬迷ったあと、懐から書状を取り出した。

「なんや、それは？」

「奥方さまからの御手紙です。大野はんに」

んです」

「大野はんが逐電される前に届いたんです。大野はんはそれを、わしらに預けはった
長助に差し出された書状を受け取り、見ると、そこには流麗な文字で『浜方に貸し付けた金は公金であり、もし回収できたら、亡《な》き殿のお気持ちを考えて使ってほしい』といった旨《むね》が書かれていた。

「なんで大野やねん？　城代家老はわしやぞ」

今さらながら内蔵助は、やっかんだ。

「わしで、ええやないか」

長助も弥左衛門も、押し黙った。

「奥方さまにこないに頼まれとるのに、なんで大野は逃げたんや？」

長助はチラと内蔵助を見て、ため息をついた。

「そんなん、決まってますわ」

「なんや？」

「疲れはったんです」

役方の長として奉行衆を引っ張りながら、無理解な番方を相手に孤軍奮闘してきた

緊張の糸が、あの大評定でプツリと切れたということか……。

内蔵助は、ほんの一瞬、大野の心労を慮《おもんぱか》った。

「ほんで？」

「おかげさまで塩田の開発は上々、播州赤穂の塩いうたら、御上の御用達《ごようたし》、商人どもは大儲《おおもう》け。その恩も忘れ」

「返さん、言うとるのか……」

弥左衛門の顔をよく見ると、口元と頬に殴られたような跡がある。先刻も塩問屋へ貸金の回収に行っていて、用心棒にでもやられたのだろう。

長助が冷めた声で言った。

「ま、無理もない話ですわ。連中からしたら、泥舟から逃げ出すようなもんや。こうして百両ちょっと回収できただけでも、御の字とちゃいますか」

内蔵助は立ち上がった。

「どないしました？」

「小便や」

内蔵助はのしのしと会所を出て行った。

四半刻後《しはんとき》……。

お城の濠端《ほりばた》に、立ち小便をしている茶人姿の男がいた。大高源五である。

頭には宗匠頭巾《そうしょうずきん》をかぶり、あろうことか、水面に映った赤穂城をかき消すように小便を放って、

「月さびよ、赤穂が城の、咄《はなし》せむ……」

と芭蕉《ばしょう》もどきの戯《ざ》れ句《く》を詠《よ》んでいる。

「ん?」

猛烈な勢いでこちらへ近づく足音が聞こえてきた。闇《やみ》に目をこらすと、提灯《ちょうちん》をぶら下げ、血相を変えて走ってくる男が浮かび上がった。先日まで、通りを挟んで二軒先に住んでいた、貝賀弥左衛門である。

「何? 何? 何? 何?」

「おお、源五! 御家老見んかったか?」

「み、見とらんけど、何?」

と慌てて小便を切り上げる。

「ええからおまえも来い! しかし、なんちゅう格好や」

「茶会やがな……」

わけも分からぬまま、源五は弥左衛門の後を追った。

遠林寺で小便に立ったまま、内蔵助は会所へ戻ってこなかった。

「あかん。頭に血ぃのぼってはる。あぁなると手ェつけられへん」

と長助に命じられて、弥左衛門は寺を飛び出したのだと言う。

城を左に見ながら城下を南西へ進む。このまま行けば、果ては海だ。

だがその前に、塩田と作業場、そして塩問屋の住まいがある。

「なあ、どこ行くねん！」

酒も入っている源五は遅れがちについてゆく。

塩浜の土手に、大股《おおまた》で歩く男の背中が見えた。

「御家老っ！」

二人は息も絶え絶えに、ようやく内蔵助に追いついた。

「どないするつもりです？」

弥左衛門が問うた。

内蔵助は答えない。

遠くに塩問屋の作業小屋が見えてきた。そこを抜ければ老舗《しにせ》、前田屋の大店《おおだな》である。

「あかん。また増えよった」

弥左衛門がつぶやいた。店の前の男どもが、さっきより多い。大評定の時に大手門で騒いでいた食いつめ牢人たちであった。

「あの、わし帰ってよろしいやんな？」

源五は心細くなり、つぶやいた。

「……しばいたる」

何の躊躇《ちゅうちょ》もなく、内蔵助は一直線に前田屋へ向かって行った。

「あかん……」

弥左衛門は慌てて後を追い、源五も渋々ついていった。

内蔵助は前田屋の大店を見上げながら声を張り上げる。

「こら、あきんど！　出てこんかい！　借りた金返さんちゅうのは、どういうこっちゃ！」

一瞬の静寂の後、牢人どもが笑い出し、店の中から前田屋の主・茂兵衛が顔を出した。

「ほう。誰かと思えば、大石様やないですか」

「大石？　あの、大石内蔵助か？」

と首領格の牢人が縁台から腰を上げた。

「はい。御上にえらい気前よくお城を献上した、あの大石はんですわ」

内蔵助を知らぬはずはない前田屋茂兵衛のこの態度に、源五はもはや御家はなくなったのだ、と改めて実感した。

「あんた、恥ずかしくないんか。あれだけの城がありながら、一戦も交えんで」

「何が赤穂は武辺の家じゃ」

「赤穂じゃのうて、阿呆《あほう》よ」

牢人たちは口々に嘲《あざけ》った。

「その阿呆の親玉が町人相手に何をいきがっとる。あんたの敵は、吉良じゃろ。吉良の首とったらんかい！」

「よう言うたな……」

内蔵助が呟いた。その低い声色に、源五でさえゾッとした。

「ああ、やったるわい。わしも今や、貴様らと同じ牢人や。怖いもんなど何もない。吉良ん所だろうと江戸城だろうと、どこへでも討ち入ったるわい！」

（役者が違う）

と源五は思った。牢人どもの声量とは比べものにならない、内蔵助の咆哮《ほうこう》である。

だが、いくさ目当てで赤穂に流れてきた牢人たちをかえって煽《あお》る形になった。

「……ア、アホぬかせ、腰抜け家老が！」

思わず腰が引けてしまった己を恥じるように、首領格の牢人が抜刀した。

他の者たちも次々と刀を抜いた。

内蔵助はと見ると、この人数相手にも臆することなく、むしろ目は爛々《らんらん》と輝きだしたから、さすが番方である。目をやると、弥左衛門も仕方なさそうに、刀に手をかけている。

「脇差《わきざし》貸して」

茶会帰りの源五は刀を持っていない。弥左衛門に借りようとしてしばし揉《も》み合《あ》いになる。

と、そこへ、

「ほんまですか？」

と、男が割って入ってきた。

目をこらすと、店の前のかがり火に浮かぶ顔には、見覚えがあった。

「おまえ、不破《ふわ》か？」

「はあ。ご無沙汰《ぶさた》しとります」

不破数右衛門《かずえもん》。元赤穂藩士である。とはいえ、このたびの御取潰しで牢人になったわけではない。四年前、ある一件から内匠頭の逆鱗《げきりん》に触れ、皆よりいち早く牢人となった。口論から上役の者を斬ったとも、酒に酔って家僕を斬り捨てたとも言われ、中には、新仏《あらぼとけ》の墓をあばいて死体を刀の試し斬りに使った、という噂もあった。どの話も必ず剣が絡《から》むのは、それほど腕が達者だったという皆の認識からであった。

「ここで何しとんねん？」

「そういや、おまえ……」

と弥左衛門が不破を指差した。数右衛門はニヤリと頷き、

「そや。元、浜辺奉行」

たしかこいつは百石（年収四百六十二万円）の知行取りだったはずだ、と源五も思い出した。

「この前田屋にも、えらい世話になっとんねん」

と不破は何ら悪びれる風もなく言った。

「それで今は用心棒かいな」

呆れたように内蔵助が言い捨てた。

「あかん……不破がおったら勝てん」

源五はポツリとつぶやいた。

「不破っ。おのれ、恥ずかしゅうないんかい！」

そう叫ぶ弥左衛門には答えず、数右衛門は内蔵助の目の前に進み出てゆく。

「それより御家老、さっきの話、ほんまですの？」

「ん？　何が？」

「せやから、江戸城だろうと、吉良ん所だろうと……」

「なに？」

「せやから！」

「おい！　何をごちゃごちゃ言うとる！」

無視された牢人たちが喚《わめ》いた。茂兵衛も、

「不破様、はよ追い返してくんなはれ」

と数右衛門にすがりついた。

そんな茂兵衛を見る数右衛門の目が、冷たく光る。

「やかましいわい！」

数右衛門は突然、茂兵衛を振りほどき、抜刀した。

一閃《いっせん》、牢人たちの刀を弾《はじ》き飛ばし、茂兵衛の首筋で太刀を止め、一喝した。

「借りた金返さんちゅうのは、どういうこっちゃ！」

内蔵助にも負けぬ、立派な啖呵だった。

深夜、遠林寺奥の会所で待っていた長助の前に千両箱が三つ、どんと置かれた。

数右衛門曰く「前田屋が落ちたら、浜の連中は皆、右へならえ」で、その足で加里屋浜から東浜へ、塩問屋を渡り歩き、集めた金が手形も合わせて数百両で、さすがは元、浜辺奉行である。

「番方、ナメたらあかん」

と得意げな内蔵助の横で、長助は、

「別に、ナメてまへんけど……」

とボソリとつぶやき、さっそく弥左衛門とともに算盤《そろばん》を弾き始めた。

源五は初めて入る遠林寺の台所を自在に動き回り、膳の用意をする次郎左衛門の手伝いをしている。次郎左衛門もまるでそれを邪魔に思わないようだった。台所役人と毒味役、二人はかねてから、気心が知れた仲なのであろう。

次郎左衛門は、功労者の数右衛門の前に膳を置いた。

内蔵助は瑤泉院の書状を読み直している。

『貸し付けた金は公金であり、もし回収できたら亡き殿のお気持ちを考えて……』

「ちゅうことは、御家再興に使うてもええやんな？」

「殿のお気持ちいうたら……やっぱり、御家再興ちゃいます？」

弥左衛門が同意した。

「明細は必要やけどな」

と長助が付け加えた。

ふと、焼き物をつまむ数右衛門の箸が止まった。

「……御家、再興？」

「御家再興」

源五が飯を頬張りながら、事も無げに返した。

「……討ち入り、は？」

「せえへん、せえへん」

ご冗談を、とばかりに源五は笑いながら言った。

数右衛門は、憮然《ぶぜん》として黙りこんだ。

「なんやおまえ、殿に叱《しか》られて、追い出されたんやろが。今さら義理立てしてどないすんねん」

源五が言うと、

「不破。今宵の働き見事やった。御家再興が成った暁には、帰ってこい。わしが許す」

と内蔵助は数右衛門の機嫌をとった。

数右衛門は、

「そういうことやろか……」

とだけ呟いて、納得いかぬ顔のまま酒をあおっている。不思議な男だ、と長助は思った。嫌われて追い出されたというのに、その殿の敵討ちに拘《こだわ》っている。結局こいつも番方か、と思うほかなかった。

「殿の墓前に手ぇ合わせたら済むがな」

また軽く言う源五の膳を、弥左衛門が覗《のぞ》きこむ。

「しかし、えらい豪勢やな」

「そういうのを無駄遣い言うんや」

長助は内蔵助に非難をこめて言った。こんな金の使い方をしたらあかん、と釘を刺したつもりだった。

だがその言葉にムッとして顔を上げたのは、次郎左衛門である。すたすたと座敷へ上がり、内蔵助の前に座って、

「おつりです」

と懐《ふところ》から紙に包まれた銭を出した。内蔵助が中を検《あらた》めると、思いもよらぬ量の銭が床に落ちた。

「なんや、こないにぎょうさん……いくら使《つこ》うたんや」

「銀十匁《もんめ》（二万円）ちょっとです」

三十数人分の飲み会費が、二万円である。

「安っ！」

と源五が目を丸くする。

「ほんまか！　三十人分やぞ！」

弥左衛門は改めて膳の品々を見直している。

「三十六人分。炭代、酒代込み。魚はわしが釣ったもんも入っとります。台所役人として十五年、無駄遣いしたことなぞ、一日もありまへん」

と次郎左衛門は胸を張り、鬼気迫る表情で長助を見据えた。

（こいつも、一緒や）

自分と同じように銭勘定に腐心していたのを知り、長助は、

「すまん……」

と素直に頭を垂れた。

一瞬しんみりとした座を取り繕うように、内蔵助が明るく言い放った。

「皆、今日はようやった！　これだけの銭があれば、御家再興は成ったも同然や！　いい知らせを待っとけよ！」

この時、浜方から回収できたのは、瑤泉院が貸し付けた金の二割ほどであるが、それまでの返済額と照らし合わせると、それも妥当な金額であった。これに、藩の余り金を合わせると、〆《しめ》て、七百九十両二朱、銀四十六匁九分五厘。

総額九千四百九十一万円が、大石内蔵助に託されたのであった。

9491万円

「さすがは大野や」

瑤泉院は、赤穂からの手紙を最後まで読み終える前に言った。

江戸は赤坂今井谷、三次浅野家下屋敷の奥座敷である。

「〝亡き殿のお気持ちを考えて〟……と書いてある。あの大野なら、きっと正しき道に使うてくれるわ」

収支報告をしていたのは瑤泉院が幼少の頃からの用人・落合与左衛門《おちあいよざえもん》（年収九百二十三万円）である。

落合は、よほど言いづらいのか、口を開きかけてはまた閉じしていたが、やがて、

「それが……」

と言って、また口をつぐんだ。

「なんや？」

「大野殿は、開城の折に逐電《ちくてん》されたとか……」

「何っ、ほんなら、誰が」

落合は苦い顔でうつむいた。

「まさか」

瑤泉院は、にわかに震えだした手で、手紙の続きを読んだ。末尾には『大石内蔵助』とあった。

「大石……」

二人は暗く、黙りこんだ。

これが瑤泉院の、内蔵助に対する評価であった。

輿入れの時に一度だけ会ったことのある大石内蔵助には、さほど不快感は抱かなかった。ただ、あまり頭が切れそうな男には見えなかったから、ことあるごとに夫、内匠頭長矩に、国許はつつがなく平穏であるか、さりげなく問うてみたりした。その都度返ってくる答えは、次席家老・大野九郎兵衛のまめまめしい仕事ぶりで、大石の名前が出たことなど殆どなかったから、かえって安心していた。だがある時、夫が妙によそよそしい素振りを見せたことが数日あって、事情通の腰元を問い詰めると、子がない殿様に対して側妾をもつことを勧めた臣がいるらしく、それがまさしく、大石内蔵助だった。子ができない負い目もあったから夫が側室を持つことになっても仕方がないと思っていたが、親から継いだ筆頭家老の地位にあぐらをかき、昼行灯だの、でくのぼうだのと陰口を叩かれている男に言われる筋合いはない。カッと頭に血が上って、落合に言って大石の身辺を調べさせると、たちまち数人の妾の存在が発覚した。それ見たことか。あの男は自分のおなご狂いを夫にも伝染させ、懐柔し、自分の無能ぶりを帳消しにしようしている。その後、賢い夫は側室をおくことはせず、変わらず自分一人に愛情を注いでくれたが、大石だけは許せなかった。

赤穂開城が滞りなく済んだという知らせは聞いたが、すべて大野の差配だと思っていた。その大野が逐電し、後はあの大石が仕切っているという。自分の金も……。

金の使い途の心配よりも、自分の金を大石が持っている、ということが、何とも腹立たしく、ただただ、不快であった。


「それは、まことかっ！」

神田明神下《かんだみょうじんした》の蕎麦《そば》屋〈いずみや〉で、薬売りの仁助《にすけ》は、牢人《ろうにん》姿の大男に仁王立ちで詰問された。仁助は小さくなってつぶやいた。

「はい……ま、間違いありません……」

牢人はしばし仁助を睨《にら》みつけたあと、ダッと二階の座敷への階段を駆け上がった。

呆気《あっけ》にとられて、

「だ、誰です？」

と店の娘のおきんに聞くと、

「えっ、知らないんですか⁉」

と驚かれた。他の客たちの反応も同様で、あの御仁を知らねぇたァモグリもモグリ、江戸っ子の風上にもおけねぇが、なぁんだ富山《とやま》の薬売りけぇ、と皆、その顔に書いてあった。

聞けば、あの御仁とは、かの堀部安兵衛である。

「えっ、あの人が⁉」

堀部安兵衛といえば、〝高田馬場の決闘〟の、あの〝仇討《あだう》ち安兵衛〟だ。たまに行商で江戸へ出て来るだけの仁助でさえ、その噂《うわさ》は耳にしていた。

店主の長次《ちょうじ》が板場から出てきて話に加わった。

「その安兵衛さんがムコに入った先が、よりによって」

「赤穂か！」

仁助が、合点《がてん》がいったように叫んだ。

二階の小座敷に駆け込んだ安兵衛を待っていたのは、孫太夫と唯七である。

「おい、吉良が引っ越すぞ！　公儀の役宅返上命令で鍛冶橋《かじばし》を追い出された」

「何っ。で、どこへ行く？」

「……本所《ほんじょ》だ」

「本所？　川の向こうっ側の本所ですか⁉」

「江戸の外れだぞ」

「ああ。まるで我らに、討ち入れと言ってるようなもんだ！」

吉良上野介の本所への引っ越しは、安兵衛たちでなくても、江戸中が注目するところであった。


その頃の江戸は、天下の悪法と言われた「生類憐《あわれ》みの令」が施行されて十四年。人様よりも犬や猫、蠅《はえ》やノミの方が大事という御時世である。頬《ほお》に止まった蚊を叩《たた》き殺して島流し、往来に水をまくとボウフラを殺したと百叩き。

そういう有様だったから、庶民は御上への不満を募らせていた。

松の大廊下で起こった事件は、我らが〝火消しの浅野〟内匠頭様が即日切腹召され、吉良にはお咎《とが》めなしだったため、やれ依怙贔屓《えこひいき》だの、陰謀だの、嫉妬《しっと》だの、話に尾ひれがついて、このまま内匠頭様のご家臣たちが放っておくわけがない、と、庶民は吉良邸への討ち入りを今か今かと待ち望んでいた。そこへきて、この役宅返上命令である。鍛冶橋の武家屋敷街ではやりにくかろうが、本所とくれば警戒も手薄な田舎だ。これは御上も、どうぞ内匠頭の敵《かたき》をとってください、と匙《さじ》を投げたのでは？　ということは、いよいよ、と期待を込めて赤穂の遺臣に熱い視線を注ぎ、三人集まれば話題にのぼるのはこの話だった。

現に安兵衛らがいる神田のそば屋の階下でも、

「今年のうちには討ち入るんじゃねぇか？」

などと、客たちの勝手気ままな会話が行われていた。

「そうですか？　私が聞いたところでは、赤穂は弟君を立てて、御家再興を願い出てるって話でしたよ」

と呉服屋の旦那《だんな》が、わけ知り顔で言った。

「なに、赤穂の殿様って言ったら内匠頭様ただ一人よ！」

長次が力説した。

「そうよ！　火消しの浅野が、江戸に帰ってくるのよ！」

おきんも手ぬぐいを握りしめて言った。

「そこに安兵衛さんときちゃ……無敵じゃねぇか！」

と仁助も言って、皆、大いに盛り上がった。

——と、いうことで、
江戸ではもっぱら、我らがいつ討ち入るのかと、その噂でもちきり。
まさしく、好機到来と存じます

「なんでやねん」

江戸から届いた安兵衛からの書状を読んで、内蔵助はいまいましげに呟《つぶや》いた。

将監、進藤、小山、河村ら、重臣たちが顔をそろえ、同じようにため息をついている。

九月になり、御家断絶から半年近く、内蔵助が山科へ移り住んでから三月が経《た》とうとしていた。

「この大事な時期に、和尚《おしょう》の苦労が水の泡や」

と将監が苦い顔で言った。遠林寺の祐海和尚はすでに江戸、愛宕下《あたごした》の鏡照院の住職に、隆光大僧正との会見を願い出て、赤穂へ戻ってきていた。かかった費用は、和尚とその弟子たちの旅費と鏡照院への取り次ぎ料を合わせて、二十二両一分（二百六十七万円）ほどであるが、反応は上々、手応《てごた》えアリで、

「近いうちにきっと、宿願は叶《かな》えられましょう」

とのことであった。

そんななか「吉良邸討ち入り」などと物騒なことを言う安兵衛を、

「止めなあかん」

ということで、その使者として、原を呼び出したのである。

大評定で籠城《ろうじょう》一辺倒であった原を江戸へ送ることに一抹の不安もあったが、かえってその方が連中も耳を貸すだろうという作戦でもあった。

命を受けた原は、

「ほんなら、わしがビシッと言うてやりますわ」

と中村勘助、潮田又之丞を供につけ、意気揚々と江戸へ発《た》った。

が、内蔵助の嫌な予感は的中した。

原からの書状が届いたのは半月後で、曰《いわ》く、

「吉良を討つことこそ、我らの使命であると存じます」

すっかり懐柔されていた。

「何を言うとんねん……」

内蔵助は脱力した。

「ほんなら、私が行きましょ」

と腰を上げたのは進藤である。原の轍《てつ》を踏まぬように、供には「討ち入りなんぞハナから考えてへん奴《やつ》を」ということで、源五を選んだ。

「そんなもん、なんで行かなあきまへんの」

と源五は渋ったが、四年前、参勤交代の帰路で句集を編んだぐらいだから「道々、遊んできてもええがな」と内蔵助が付け足すと、自然と顔が綻《ほころ》んでいた。


二人は東海道を物見遊山《ゆさん》するかのようにゆっくりと江戸へ向かった。

最近になって俳句を始めた進藤は、〝子葉〟の雅号を持つ源五に熱心に教えを乞《こ》い、
十月八日、江戸へ着いた。翌九日、三田松本町の赤穂びいきの町人・前川忠太夫《まえかわちゅうだゆう》の家を借りて安兵衛と会うと、その隣に、すっかり〝討ち入り上等〟の原がいた。

「我らの主君は亡き内匠頭様のみ。大学様ではありませぬ！」

それまで一言も口を挟まず、じっと安兵衛の話を聞いていた進藤が、やっと口を開

いた。

「堀部、そなたの考え……もっともだ」

と嗚咽《おえつ》を漏らし、またミイラ取りがミイラである。

（なんでやねん）

と進藤の頬を流れる滂沱《ぼうだ》の涙を、源五は唖然《あぜん》として眺めた。

「アホか」

源五からの報《しら》せを受けた内蔵助は、いよいよ自分が江戸へ向かう覚悟を決めた。

空振りとなった二回の説得で、旅費や江戸の滞在費として、すでに三十九両、四百七十万円ほどの金が消し飛んでいて、もはや失敗は許されない。

「しゃあない、わしも行きますがな」

と将監が言うと、

「ほんなら、わしも」

「わたくしも！」

と、小山、河村も同行することになった。

「遊びに行くんちゃうがな」

出発前夜、浮気の心配をしてむくれる理玖に、内蔵助は寝床で説得した。

「御家再興のためや」

「私はそんなもん望んでまへん」

「何やと？」

内蔵助は気色《けしき》ばんだ。おまえまで敵討《かたきう》ちせい言うんか、と言いかけたが、理玖は、

「お妾《めかけ》の心配せんでええ分、今が一番幸せや」

とポッと頬を染めて、つぶやいた。

「理玖……」

思わず妻を抱き寄せた内蔵助に、理玖が釘《くぎ》を刺した。

「無駄遣いしたらあきまへんえ」

「アホ。遊びに行くんちゃうがな」


遊びにでも行くように、東海道を進む内蔵助の足取りは軽く見えた。

道中で出会った後家に、茶屋の娘、宿場の飯盛女と、手当たり次第に声をかけ、口説いた。御取潰しからこの方、妾たちとも縁を切り、おとなしくしていた分の揺り戻しとでも言おうか、将監のしかめっ面《つら》もどこ吹く風で、羽を伸ばしに伸ばした。

「あんな調子で堀部を説得できるんやろか」

「なんや知らんけど、切り札がある、言うてましたで」

「切り札？　御家老がか？」

そんな謀略めいたこと、あの人にできるんやろか。将監は首をかしげながら、飯盛女の手相を見る内蔵助のにやけ顔を見つめた。そんなこんなで十三泊十四日、三百八十五万円ほどかけて、一行は十一月、江戸へ入った。


「何を焦《あせ》っとんねん」

内蔵助は安兵衛ら江戸組一同を見回して言った。その数は十二人と予想外に多く、説得に来たこちらが逆に圧を感じた。

「吉良が役宅とられたっちゅうことは、わしらの願いが届き始めたっちゅうことやぞ」

「しかし、せめて期限を切って頂かぬことには……」

「食うに困っとる者もおりますねん」

横から、江戸に居残っていた源五が口を出した。

「おまえら、割賦金《かっぷきん》もう使《つこ》うてしもうたんか！」

と驚く内蔵助に、

「江戸の物価は、高《たこ》うございます」

と情けない声を出したのは、千馬《ちば》三郎兵衛《さぶろべえ》（年収四百六十二万円）である。

江戸組の殆《ほとん》どは刃傷《にんじょう》事件の日の朝まで内匠頭と一緒にいた者たちだったから、遠く離れた赤穂の内蔵助たちとは大いに温度差があった。吉良への敵討《かたきう》ちなど明日にでも、と思っていたのか、〝太く、短く〟が座右の銘らしく、送られてきた割賦金も後先考えずに使い切っていた。今さら止められても知ったことではない、そんなことで武士の一分が立つものかと、内蔵助らを大いに責めた。

「わかった。期限切ったろ」

内蔵助の発した言葉に、一同はグッと身を乗り出した。

「来年三月、殿のご命日に……」

四ヶ月後である。皆は腹の底にグッと力を込めているようだ。

「……もう一回集まろ」

一同は、がくりと崩れ落ちた。

「御家老！」

すかさず、内蔵助は小判の切《き》り餅《もち》を三つ、床に置いた。

「ま、しばらくこれで、しのいだってや」

七十五両（九百万円）の大枚である。

大事に使えば、江戸組の連中全員、三月まで生活できる金であった。

「これはもしや、御家老の」

自腹では？　とでも聞こうとしているような孫太夫を、

「ちゃう」

と制した。感動に打ち震えているような皆の顔を見ると、ああ、これはわしが割賦金を受け取らんかったことを思い出しとるな、と悪い気はしなかった。

「ま、銭のことはなんも心配せんでええ！」

内蔵助の切り札とは、なんのことはない、金であった。

会合が終わって、源五は、さあ御役御免、とばかりにここ数日通っている江戸の俳句仲間の所へ遊びに行こうとしたが、

「どれ、わしも一度、吉良の屋敷見てくるわ」

などと言い出した内蔵助に、無理やり供をさせられることになった。

なんでわしやねん、と呟きながら渋々ついて行ったが、吉良邸のある本所へ向かう

と言いつつ、内蔵助の足は新大橋も両国橋も渡らず、大川沿いを北へまっすぐ進んでいったから、源五の顔色は変わった。

(吉原《よしわら》か?)

言わずと知れた御公儀公認の巨大遊廓《ゆうかく》である。

内蔵助のおなご好きはもちろん知っていたから、このまま吉原へ向かう可能性は濃厚で、現に追いついて横顔を覗《のぞ》き見るに、その顔は妙に艶っぽかった。

そうしているうちに浅草寺を過ぎ、日本堤《にほんづつみ》の土手を登ってしばらく行くと、楽しげなどんちゃん騒ぎの嬌声《きょうせい》が風に乗って聞こえてきた。曲がりくねった衣紋坂《えもんざか》の上から見下ろすと、その先にはもちろん、

(吉原だ……)

感無量であった。俳句仲間は亡き芭蕉門下の渋好みの者たちが多かったが、一方で、裕福な町人たちを弟子にとって派手な生活を送る豪奢《ごうしゃ》な一派にも憧《あこが》れていた。そうした者たちの口から吉原遊廓の話が出るたびに「いつか、わしも……」と身をよじり、恋い焦《こ》がれるほど、実は源五は内蔵助に負けず劣らず、おなご好きであった。だが二十石五人扶持の貧乏侍で、家計の余りも句集の発行に消える身では話にならない。それが本日、突然、大金持ちの御家老様のご相伴にあずかる、という幸運が転がり込ん

できたのだ。

「さすがは御家老。江戸にも馴染《なじ》みがおるんですなあ！」

源五は一転、揉《も》み手《で》をせんばかりに追従《ついしょう》した。こうして太鼓持ちのような真似《まね》ができる器用さを見込んで自分が選ばれたに違いない。

「おる言うても、家老になる前の話や。二十年は経つがな」

内蔵助の話を半分も聞かず、源五はご相伴の確約をとることにした。

「なんや、わしだけすんまへん」

「かまへん、かまへん」

欣喜雀躍《きんきじゃくやく》、天にも昇る心地であった。

「事が成ったら、皆で来ようやないか」

「そん時は貸し切りですな」

「アホぬかせ。一軒貸し切りいうたら百両は下らんぞ」

「百両（千二百万円）……」

数年前、豪商、紀伊国屋文左衛門《きのくにやぶんざえもん》が、大門《おおもん》を閉め切り、吉原百六十店、遊女全員、丸々借り切る〝総揚げ〟をしたという話があるが、それにかかった金は千両（一億二千万円）とも二千両とも聞いている。それはあまりに破格だとして、せめて一軒だけ

でも借り切るとしても、

（百両……）

源五はもう一度胸の中でつぶやいた。遠林寺で聞いた御家再興の総資金はたしか七百両だか八百両。この先どれほど減るか分からないが、

「ほんでも、見事、御家再興となった暁には……」

源五は途端ににやけて内蔵助を見上げた。

「そやな、まあ、それぐらいは……」

「ねえ」「なあ」と二人は声を合わせ、笑いあった。

「ほな、下見と行こか！」

という内蔵助の晴れ晴れとした号令を、

「あいな！」

と快く請け合って坂を下りかけたが、横から飛び出してきた男に道を塞《ふさ》がれた。

「赤穂浅野家国家老、大石様とお見受け致しまする」

男は三次浅野家家中の者と名乗り、内蔵助は、手もなく連れ去られてしまった。

夜になり、源五は寒さに震えながら薄桃色に輝く遊廓を見つめ続け、とうとう大門の閉まる大引《おおびけ》まで待っていたが、内蔵助は帰ってこなかった。

吉原を目前にして引き立てられた内蔵助は、赤坂今井谷、三次浅野家下屋敷の奥書院で、深々と平伏していた。

時刻は夕刻に戻る。

（さぞや、お美しくなられ……）

と、わずかに上目遣いに前方を見ると、遠く上段の間に奥方さま、いや、落飾されて瑤泉院様が、宵闇《よいやみ》に溶け込むように端座していた。陽は落ちたというのに燭台《しょくだい》に火は点《とも》らず、顔はよく見えないが、内蔵助は初めて御目通りした時と同じように畳に額をこすり付けた。

斜め後ろには、陰気な顔で目をつぶる落合与左衛門がじっとりと座っている。

呼び出しておいて、長い沈黙である。

ようやく、瑤泉院が口を開けた。

「江戸へ来ておるというのに顔も出さんとは、ずいぶんじゃな」

内蔵助の遠い記憶と違い、江戸弁である。

直感で、何か重い意図を感じた。

「い、いささかの申し開きもございませぬ！」

「して、どのように使うておる？」

「は？」

「わらわのお金です。よからぬことに使うてはおるまいな。聞けば、よからぬ所をうろついておったとか」

「あ、いや、そのようなことには……」

現に、吉原へ向かうのを見られていたわけだが、ええい、ままよと取り繕った。

「御舎弟、大学さまの御赦免、並びに、御家再興の準備金と致しまして」

「存じております。他には、どのように使うておる？」

「他……は、こたび江戸へ来る際の、旅籠《はたご》賃や……」

「他には？」

と今度は斜め後ろから、落合。

「他……は……」

「まことに、それだけでございますか？」

「あ、よからぬ所へは、すべて自腹で」

「当たり前やっ！」

と瑤泉院の怒声が飛んだ。思わず地が出た赤穂弁である。

内蔵助は「ハーッ！」とさらに低く平伏した。

「お弔いでござる」

と、落合。

「……は？」

「弔いと申しておる」

と瑤泉院。

「お弔いでござる」

二人に畳み掛けられ、内蔵助は言葉に窮した。

「あ、あの……それはもしや、弔い合戦ということで？」

「弔いじゃっ！」

再び激昂《げっこう》して、すっくと立ち上がり、瑤泉院は出て行ってしまった。

わけも分からず、冷や汗で平伏する内蔵助に、落合が膝行《しっこう》で近づいてきて、書付を手渡した。読むと、瑞光院《ずいこういん》、御祈禱《ごきとう》、などの文字が並んでいる。

「なんですのこれ？」

「亡き内匠頭様菩提《ぼだい》のお弔い、新たな墓所の建立《こんりゅう》、御供養《ごくよう》。何をするにせよ、まずそれらが先でござろう！」

「ご、ごもっとも……えっ、山⁉」

山を購入して寄進するよう書いてあった。

亡き浅野内匠頭の供養、仏事費を合わせると、ざっと見積もっても百二十両。千四百四十万円ほどにもなった。


「えらいこっちゃ」

翌日、内蔵助は安兵衛に呼び出されて三田の屋敷街をとぼとぼと歩いていた。横を歩く源五が大きなくしゃみをして、

「えらい待ちぼうけや」

と愚痴った。悪いことをした。昨夜、衣紋坂の上で内蔵助をずっと待っていたという。

「帰り道もよう分からんし」

と源五は洟をすすりながら自らの額に手を当て、

「あっ！　熱や！」

と叫び、非難がましい目を向けてきた。

「また連れてくがな」

「いつ？　今日？　明日？」

　そこに「こちらでござる！」と唯七の声がした。人目をはばかりながら前方を進む唯七について、古い屋敷の中へ入っていくと、安兵衛の他に、原、孫太夫ら、おなじみ討ち入り急進派の面々が顔をそろえていた。

「わしらの城や！」

　原が叫び、その後ろで安兵衛が誇らしげに言う。

「今日からここを、江戸組の拠点にします！」

　戸は破れ、壁も崩れかけ、瓦《かわら》屋根には穴も開いていた。

「ボロボロやがな」

「なに、あれぐらい、すぐに直せます！」

　と安兵衛が胸を張って言った。

「御家老に頂いた金子《きんす》が、さっそく役に立ち申した」

　と孫太夫。

「なんや、買《こ》うたんか。なんぼ？」

「相場に比べて、だいぶ安うございました」

　と唯七が笑顔で返した。

「だから、なんぼ?」

安兵衛が満面の笑みで答えた。

「仲介費込みで、七十五両でございます!」

「ほう。七十五……て、ぜんぶ使うたんかい!」

昨日渡した大枚が、あっという間に消えた。

「あかん……」

源五が頭を振りながら退散してゆく。

「皆で住めば、家賃も無くなりますからな!」

「剣術道場にするのもいいな!」

一同は悪びれずに　口々に言った。

「今日からここが、わしらの城や!」

「さっき聞いたわい」

言い捨てて、内蔵助も屋敷を後にした。


江戸を発つ前日、内蔵助はまた源五を伴って、大川沿いを北へ向かった。すわ、いよいよ吉原かと、源五は目を輝かせているが、さにあらず。浅草寺のだいぶ手前で両国橋を渡り、向かった先は、今日こそ本所、吉良邸であった。道々で源五が嫌味たっぷりの小言を呟き続けるのには閉口したが、さすがに七十五両という大枚が一日で消えたとあっては、己の金さえ惜しむ気も湧いていた。

回向院《えこういん》の境内を通り抜けると、いきなり吉良邸の裏門が見えてきた。小者ではない、いかにも武芸に秀でたといった感じの門番が三人、不躾《ぶしつけ》な視線を投げかけてくる。裏門でこれなら表門は相当な警戒であろう。内蔵助は澄ました顔でやり過ごし、しばらく行って角を曲がった。東西に三十軒はあろう長屋に沿って塀が伸びている。

「長いのう」

感嘆して眺めていると、

「ちょっと！　何してんですかっ！」

という声がして、古着屋の店の中へ引っ張り込まれた。

「な、なんやねん！」

見ると、元赤穂藩士・前原伊助《まえばらいすけ》（年収百四十一万円）と倉橋伝助《くらはしでんすけ》（年収二百六十六万円）で、すっかり板についた、商人の出《い》で立《た》ちである。

「おまえらこそ何してんねん。なんや、その格好？」

話を聞いてみると、刃傷事件で上屋敷の引払いに立ち会った後、前原と倉橋は江戸を一歩も出ず、すぐに町民の姿に扮装し、吉良の動向を探り続けていたという。いわば、急進派中の急進派であった。

「吉良を、討つ気か」

店の奥の座敷で茶をすすりながら、内蔵助は聞いた。

「はい」

二人は、事も無げに、声をそろえて答えた。

「ようこんな場所に店出せましたな」

源五も感心したように言った。

「前原さんは、吉良の引越しも手伝ってますから」

「ほんまか！」

「赤穂の者だとは露ほども疑われておりません」

前原が涼しい顔で言った。

「なのに、不用意にこんな所に来られては困ります。御家老の顔は売れてるんですから」

「そら、すまんかった……。けど、しばしの辛抱や。決して悪いようにはせんから。な」

「御家老がそう仰《おっしゃ》るなら」

聞き分けがよかった。だがこのような者たちほど決して諦《あきら》めず、安兵衛らより始末に負えないのではないかという気もした。

「そや、おまえら割賦金受け取ってへんやろ。送るで」

前原は怪訝《けげん》そうな顔をして倉橋に聞いた。

「いる？」

倉橋は首を振った。

そして二人は声をそろえた。

「いりません」

「あ？」

割賦金がいらん者などおる？　と理解不能で、内蔵助は口をぽかんと開けた。

その時、店の方から「すいませーん！」と客の声がした。

「はい、ただいま！」

と向かう倉橋を目で追って店内を見ると……店は、大いに繁盛《はんじょう》していた。

「儲《もう》かっとる」

源五が呆《あき》れた声を出した。

「江戸屋敷では私は金奉行、倉橋は扶持《ふち》奉行でした」

前原は言って、頭を下げた。

「役方か」

「それで、いつの間にか商いを覚えてしまったようです。いや、お恥ずかしい。もはや武士とは言えませんな」

「……えらい」

思わず内蔵助はつぶやいた。

武士の一分だとか何だとか言う者もいれば、己の食い扶持は自分で稼ぐという者もいる。初めて自分が金をやりくりする側になってみてよく分かった。

内蔵助は、

「おまえらは、ほんま、えらい……」

とすこぶる感心して、彼らを褒め称えた。

翌日、内蔵助は江戸を発ち、山科へ帰った。

5429万円

「使い過ぎでんがな」

江戸から帰ってきた内蔵助から手形を受け取り、その場でざっと算盤《そろばん》を弾《はじ》くと三百両はゆうに超えていて、弥左衛門は沈痛な唸りを漏らした。

「そうか？」

と他人事《ひとごと》のように煙管《キセル》をふかす内蔵助を、弥左衛門は呆《あき》れて見つめた。

瑤泉院に言いつかった仏事費だけでも、百二十五両（千五百万円）を超えていた。元の総額から引くと、残金は、四百五十二両一分と銀十匁（五千四百二十九万円）で、すでに四割がたの出費である。

年が明けて元禄十五年。

外は、雪に変わりそうな冷たい雨が降っていた。

続きの間では、松之丞と子供達がカルタ遊びに興じていて、その奥では源五が理玖相手に茶を点《た》てている。江戸で見知った千家茶道の見よう見まねだが、宗匠頭巾《そうしょうずきん》が様になっていた。

「大高はんは何やらしても器用やなあ」

「そもそも武士が向いてへんのかもしれまへんな」

理玖の腹が目立つようになってきていた。五人目の懐妊である。

赤穂藩を解散して瑤泉院の金を預かった内蔵助のもとに、月に一、二回、大坂から長助と弥左衛門が来て、会計監査をすることになっていた。まったく算盤勘定が不得手な内蔵助を助けるためという名目だが、実は使い途《みち》を確認する、お目付役ともいえた。

三村次郎左衛門は内蔵助と同じく山科に居を借りて、よい魚が釣れた、旬の山菜が採れたといっては大石邸に立ち寄り、料理の腕を振るってくれた。

不破数右衛門は用心棒稼業がよくよく性に合ったのか、次郎左衛門に、

「御家老を付け狙《ねら》うモンなど、今更おらへんぞ」

といくら言われても、

「わしにできることゆうたら、これぐらいや」

と、頼まれてもいないのに周囲に目を光らせている。

源五は、たまにふらりと遊びに来た。その都度「いつ遊廓へ連れて行ってくれるんですか?」と非難がましい目を向けるので、内蔵助は、理玖の前で気が気でなかったが、結局、行ってもいないのに怒られる筋合いはないと気づき、放っておいた。

御家があった頃は禄《ろく》や身分の差でこうした交流は皆無であったが、共に塩問屋から金を取り立てた間柄になったためか、いずれにせよ瑤泉院の金の存在を知るのはこの六人だけであって、知らず、仲間意識が芽生えていた。

篠突《しのつ》く雨の中を、編笠《あみがさ》と藁蓑《わらみの》姿の男が二人、土間に入ってきた。

笠を脱ぐと、長助と右衛門七である。

「なんや、駕籠《かご》使え言うたろうが」

「そんなもんに大事な銭使えまっかいな」

「ああ……」

合わせる顔がなく、内蔵助はぼんやりと視線を落とした。

「倅《せがれ》ですわ。こいつにも手伝わせましたんや」

長助が息子の右衛門七を紹介した。

「手伝いて、何ですの?」

弥左衛門が聞くと、長助は懐《ふところ》から、油紙で大事そうにくるまれた帳面を取り出した。

「見積もりです」

と内蔵助に差し出す。横長の帳面の表紙に『御見積覚書《おんみつもりおぼえがき》』の文字が書かれていた。

「気ぃ抜くと銭はどんどん飛んでいきまっせ。無駄遣いせんように、何にどんだけ使うか、先々のことを考えて」

と言いながら、長助は弥左衛門のつけている帳簿を覗《のぞ》いて、

「何じゃ、こりゃあ！」

と叫んだので、内蔵助は思わず目をそらした。

しばし無言で帳簿を見つめていた長助は、ムッとして、内蔵助の手から見積書を奪い取った。

「やっぱり使い途わからへんのやな」

と呟《つぶや》くと、弥左衛門も、

「金持たせたらあきまへんな」

と小声で返す。

その嫌味な態度にカチンときて、内蔵助も言い返した。

「しゃあないがな。元は奥方さまの金やろが」

「そこをうまくやるのが筆頭家老ちゃいますの」

「あ⁉」

長助に手形の一つを突きつけられた。

「なんですの、この〝屋敷に七十五両〟て。いっつもこうや、番方の連中は。火消しの演習かて好き放題に屋敷壊して……あれの弁償にいくらかかったと思うてますの」

「演習かて、いくさや。なんぼ太平の世でも、いくさを忘れたらあかんという山鹿先生の教えをやな」

「その山鹿先生はこうも言ってまっせ。〝銭の勘定ができん侍は、何をさせても、でくのぼう〟」

内蔵助は炭をつついていた火箸《ひばし》を、灰に突き刺した。

「わしやな？」

鬼の形相である。

「今、わしをでくのぼうと言うたな⁉」

と内蔵助は長助につかみかかった。

「ちゃいますがな！　山鹿先生の話ですがな！」

長助は土間の柱の陰に逃げ込んだ。

「山鹿先生、そんなこと言わん！」

柱を挟んで逃げ隠れする長助を捕まえようと、内蔵助は右へ左へ動いた。長助は見た目よりすばしこい。子供の頃、憎まれ口を叩かれて追いかけたことも多々あり、思えば、昔のままである。

内蔵助は間に入った弥左衛門を突き飛ばして、叫んだ。

「銭勘定なんざ屁《へ》でもないわい！」

「ほんならわし、もう山科来まへんで」

「おお、来るな。そのシケた面《つら》、二度と見とうないわい！」

「ほんなら頑張ってくださいい、でくのぼうなりに」

「ほら言うた！　またでくのぼう言うたぞ！」

内蔵助と長助は柱の周りをぐるぐる回りながら、飽きることなく罵《のの》り合った。

（ええ大人が……）

松之丞は内蔵助らの喧嘩《けんか》を呆れて見ていた。山科へ移って以来こんなことはしょっちゅうで、もはや馴《な》れ合《あ》いにも思えた。現に母の理玖も騒ぎには目もくれず、源五の点てた茶をうまそうにすすっている。

そんなことより、右衛門七である。

「見損のうたぞ、御家再興の片棒を担《かつ》ぐとは！」

数日後、松之丞は右衛門七を裏の竹林に誘い出し、見積書の手伝いをしていることを非難した。

自分より二つ上だというのに、右衛門七はしょんぼりとうなだれて、

「わかっとる。せやけど、父には逆らえへん」

そう小声でつぶやくのみである。

「わしはまもなく、母上の供で京を離れなあかん」

長助たちだけでなく、近所に住む進藤や、伏見《ふしみ》からは将監、小山など、来客がひっきりなしで、内蔵助が「こないに忙《せわ》しない家で元気な子供が産めるかい」と理玖の実家である但馬《たじま》での出産をすすめたためである。松之丞ら子供たちも理玖についていくことになっていた。

「その間、父上を見とってくれ。このままでは堀部様へ顔向けができん」

「わかった。任せろ」

「ええな、我ら八人、離れていても、心は一つやぞ！」

松之丞は右衛門七を見つめ、そう叫んだ。

その出立の日になり、松之丞たちは皆に見送られた。

内蔵助は、くう、吉千代、るりをまとめて三人、きつく抱きしめた後、

「頼むで」

と松之丞の肩に手を置いた。だがよほど後ろ髪が引かれるらしく、

「途中まで行こか？　途中まで行くわ」

と、ついて行こうとして、

「五人目や。心配いりまへん」

と理玖にたしなめられている。

次郎左衛門が、

「但馬言うたら、身重には長旅でっせ」

と言うと、長助が、

「駕籠使うたらええのに……」

と銭勘定を忘れたようにつぶやいた。

「父上。ほんまに心配いりまへん」

松之丞がそう強く言って、ようやく歩き出すことができたが、半町も行かぬうちに
理玖が立ち止まった。

「どないしました？」

と尋ねてその横顔を見ると、母は泣いていた。

「旦那《だんな》さま！」

理玖が叫んだ。

内蔵助が狼狽《ろうばい》している。

「なにぃ⁉」

と震える声が返ってきた。

「なんや、もう二度と会われへん気がして……」

理玖はそう振り絞るように言って、天を仰ぎ、少女のようにしゃくりあげて泣いた。

「そんなことあるかい！」

と叫びながら走ってくる内蔵助が見えた。

松之丞はしばらく呆気にとられて見ていたが、父と母、しばし二人きりにさせてやろうと、吉千代や妹たちを連れて、急ぎ足で先へ進んだ。

「えっ、しないの⁉」

と仁助が驚くと、呉服屋が、

「しないんですよ」

と肩を落とした。おきんも暗く、

「しないんだって」

とため息をつくと、長次も板場から顔を出し、

「しねえんだよ……」

と苦い顔で吐き出した。

無論、討ち入りのことである。

「赤穂だってえからツケで飲み食いさせてやってんのに、まったく、食えねえ侍は犬より始末に負えねえな」

こうした噂《うわさ》をしていたのは、このそば屋〈いずみや〉だけではなかった。

今や江戸中、どこへ行っても、赤穂の牢人《ろうにん》どもの不甲斐《ふがい》ないことよ、という話でもちきりで、必死に御家再興に精を出して、見苦しいなどとも囁《ささや》かれていた。

「結局、格好だけなんだよな」

「侍《さむれ》えなんて、みんな似たようなもんだろ」

「えらそうになあ」

そんな陰口は、安兵衛の耳にも入った。

安兵衛を有名人にした〝高田馬場の決闘〟も、巷間《こうかん》伝わる十八人斬りなどは真っ赤な大嘘《おおうそ》で、本当の相手は三人だけだったとの瓦版まで出る始末で、実はその通り三人なのだが、これは安兵衛自身が十八人と喧伝したわけでもなく、伝聞に尾ひれがついて勝手に十八人と膨れあがったわけだから、自分が悪いわけではない。とはいえ、これまで否定もしてこなかったから多少の負い目はあり、思い返すと、顔から火が出た。

そんなこんなで、赤穂の牢人どもの評判は、地に堕《お》ちた。

期待が大きかった分、落胆も大きい。

皆、白い目で見た。肩身が狭かった。

以前のように往来を闊歩《かっぽ》することも少なくなり、ある日、すっかり顔を出さなくなった唯七の様子を見に、安兵衛と孫太夫が貧乏長屋を訪れてみると、唯七は、寒さがまだ残る春先というのに薄着で煎餅布団《せんべいぶとん》にくるまり、ぶるぶる震えていた。病身の青白い顔と、落ちくぼんだ目から、尋常でないことが分かった。

「貴様、着るものまで売ってしまったのか！」

孫太夫が叱責《しっせき》するように尋ねると、唯七は、

「冬まで生きているとは、思ってもおらず……」

とだけ言って、激しく咳《せ》き込んだ。

「なぜ言ってこなかった、なぜ」

となおも唯七を責める孫太夫を、安兵衛が「言うな……」と制した。

「すべては、御家老が腰を上げげんからだ……」

安兵衛は宙空を睨《にら》みつけて、呟いた。

――約束の三月となりました。
無一文となり、骨の髄まで牢人となり下がる前に、
この命、使い果たしたく……。
そうした必死の者が二十名ほどいれば、必ずや本懐を遂げられると思い、
いよいよ、討ち入ろうかと

「ヤケクソやないか」

安兵衛からの書状を内蔵助が読んだのは、三月十四日。

赤穂、花岳寺で、まさしく内匠頭の一周忌法要が滞りなく済んだ直後だった。

「下《した》っ端《ぱ》連中にぶち壊しにされたらかなわんで」

小山がブツブツと呟いている。

「しゃあないで。〝太く短く〟が下っ端の生き方や」

「兎《と》にも角にも最後の大詰めや」

将監が低く呟いた。遠林寺の祐海和尚から首尾は上々と言われてはいるものの、何ら進展はなかった。それを責めると和尚は、ならば今一度自分が江戸へ赴くと言い、その矢先に、この安兵衛の手紙である。

「ここは、吉田さんしかおらん」

内蔵助は袱紗《ふくさ》包みを忠左衛門の前に置いた。また、金である。

忠左衛門と供の旅費を含め、江戸組の当面の生活費として、小判の切《き》り餅《もち》四つ、つまり百両（千二百万円）を委《ゆだ》ね、決して屋敷は買わぬようにと付け加えた。

「せやけど、銭でおとなしくなるやろか」

と久太夫が不安げに言った。忠左衛門も袱紗を懐にしまいながら「そこや……」と意味ありげに呟いた。

「吉良が、隠居しはったからなあ」

（あ？）

内蔵助は、固まった。

その後ろで、近松勘六も話に入ってきた。

「近々上杉《うえすぎ》へ引き取られ、米沢《よねざわ》へ引っ込むゆう話もありますな」

「上杉十五万石では手も足も出ん。ほんで、堀部らも焦《あせ》って」

「なんやと？」

内蔵助の顔が、朱色に染まりかけている。

「いや、吉良の倅は、上杉の養子で」

「そんなん知っとる！　隠居ってなんやねん⁉」

内蔵助が見回すと、小山らは気まずそうに視線をそらした。

「御家老、知らんかったんですか？」

将監が心配そうに聞く。

「知らんも何も……隠居ゆうたら、もう吉良に沙汰《さた》は下されんちゅうことやないか！」

内蔵助は声を荒らげた。

「それについては、親戚《しんせき》筋もえらい怒りようで」

と小山が渋い顔で言った。

「叔父貴、知っとったんですか」

「いや……伝兵衛、おぬしが伝えたと思うとったが……」

と小山は河村に目をやった。河村は進藤を見て、

「私は、進藤さんがお伝えするものとばかり」

「わしは何も聞いてへんぞ！」

必死に否定する進藤はあきらかにうろたえている。

内蔵助は、思わず立ち上がった。

「……話がちゃうがな」

内蔵助はすぐに山科へ戻り、将監を伴って大垣へ向かった（旅費三十二万五千四百円）。

「約束？　はて」

と家老の戸田権左衛門は嘯《うそぶ》いた。

「戸田さま！　吉良に沙汰なくば御家再興も意味はない、そのためなら御公儀に」

「やっとるがな！」

と上段の間から怒鳴ったのは、大垣藩主、戸田采女正である。

内匠頭の母方の従兄弟《いとこ》で、この大声、直情径行な様は、たしかに内匠頭との血の繋《つな》がりを感じさせせもした。

「殿の御働きかけ、まさしく、いくさやで」

と言う権左衛門は、赤穂城に来た時とは別人の、冷徹な仮面を被《かぶ》っていた。

「それはもう、ありがたきことにて！」

将監が内蔵助に代わって、額を畳にこすりつけた。

「それより大石。ええ話や」

采女正は笑顔で内蔵助を見据えた。

「赤穂開城の折のその方の働き、まことに見事、謹んで当家へお迎えしたい、そう言うとる家がぎょうさんある。越中富山、松江、熊本」

「何を言うとるんですか」

内蔵助の額に青筋が浮かんだ。

「なあ大石。御家再興が成っても、元の五万石は厳しいで。良くて半分、はたまた五千石。そしたら、おまえの禄も……わかるやろ？」

「わかるかい！」

城の本丸を出たところで、内蔵助が叫んだ。

「五千石でもありがたい話ですがな。ここは辛抱されな」

将監は必死になだめた。

「そんなん……みんな連れてけへんがな！」

（当たり前やがな）

将監は、思わず歩みを止めた。

吉良の隠居が内蔵助に伝わるのが遅れたのは、聞けば怒り狂うに違いない内蔵助に誰が報告するか、つまり誰が猫の首に鈴をつけるかで牽制《けんせい》しあった結果であったが、そうした進藤や小山の愚かな振る舞いを、将監は後日、大いにたしなめた。御家老は確かに短慮なところもあるが、きちんと話せば分からぬ御仁ではない。大のいくさ好きでありながら、今は〝御家再興といういくさ〟を不承不承でも戦い抜いているのだ。少しは御家老を信じてはどうか、と。

近頃の将監は、いかに後世に名を残すか、ということに執心していた。長年、目の上の瘤《こぶ》であった大野は手前勝手に逐電した。残された筆頭家老は人柄は憎めないものの、どうやら知恵が足りない。ここは自分の出番であろう。

しかし、それにしても……。

内蔵助の背中を見つめながら、将監の顔は暗く沈んだ。

この人は、本気で元の五万石のまま御家が再興されると思っていたのか？

ありえない。それは、内匠頭即日切腹という裁定が間違っていた、と御上自らが認めるようなものだ。大学様の面目どころではない。将軍、綱吉公の面目が立たないではないか。御家再興は高望みしても一万石、采女正の言う五千石でも、重畳《ちょうじょう》というものだ。

（この人は、そないなことも分からんかったんか？）

だが、こんな時こそ名を残すには絶好の機会だと、そんな予感もしていた。


その夜——。

采女正は夢を見ていた。裃《かみしも》に身を包み、悠然と江戸城大手門を入ろうとすると、まるで汚い牢人どもを扱うような態度で、御門番に追い返されるのであった。夢の中で思い出す。内匠頭の殿中での刃傷の日以降、采女正ら親類の大名たちも江戸城への出仕を差し止められていたのだ。ふと気づくと、裃は剝《は》ぎ取られ、いつの間にかぺらぺらの薄い小袖《こそで》一枚なのであった。

采女正は悲鳴をあげて起き上がった。寝汗で夜具がびっしょりと濡れていた。

翌朝、早々に権左衛門を呼び出した。

采女正は強面《こわもて》で知られていたが、その実、かなりの臆病者《おくびょうもの》であった。

「牢人づれに何ができるとも思えまへんが」

と権左衛門が表情を変えず言っても、采女正の不安は拭《ぬぐ》えなかった。

「ほんまかいな。権左。その方、赤穂の牢人どもが江戸で何と言われとるか、知っとるか？」

「さて……」

「早よ討ち入れ言うて、焚《た》きつけられとるんや！　そないになったら、わしら」

と震えた。また、肩身の狭い日々が始まるのだ。

「ご安心を」

権左衛門はそこでやっと采女正の目を見た。

「手は打っとります」


内蔵助から預かった百両を携え、安兵衛を説得すべく近松と寺坂吉右衛門《てらさかきちえもん》（年収七十五万円）を供に、忠左衛門が江戸へ到着したのは、三月の末日であった。会合場所は、神田〈いずみや〉の二階を借り切った。

安兵衛らの姿勢は強硬であった。

「そないに、御家老が信じられんか」

忠左衛門が切り出した。

「だって、約束が違うじゃないですか！」

唯七が噛《か》みついてくる。

たしかに内蔵助は、三月十四日にもう一度集まろうという約束さえ反故《ほご》にしていた。

武士の一分。もうギリギリ、爆発寸前なのだ。

「ま、討ち入ったら、報告だけはしますよ」

と安兵衛が冷ややかに笑う。

「御家老はな、奥方さまと、離縁なされた」

忠左衛門はあえて静かに、そう切り出した。

「は？」

突然何を言い出すのかと、供の近松でさえ忠左衛門の意図が読めないようだ。

「ご実家に帰されたんや。あないに仲睦《なかむつ》まじかったのに、そら断腸の思いやったろ。

御家が再興されるゆうのに、家族と義絶する必要がどこにある？」

「それは？」

口ごもる孫太夫を見つめたまま、忠左衛門はクワッと目を見開いて、

「まだわからんかーっ！」

と一喝した。

元、足軽頭。〝槍《やり》の忠左〟と呼ばれたこともあった。皆、たちまち威儀を正した。

「吉良の首を獲《と》ったとあらば、親類縁者に累《るい》が及ぶ！　それを避けるために縁を切った！　つまり御家老は討ち入りしか考えてへん！」

忠左衛門はそう一気に吐き出してから、一同を見回し、

「……そういうことや、おまへんか？」

と、泣いてみせた。大嘘である。

だが露ほども疑われなかった。皆、忠左衛門の言葉を頭から信じた。

「そうだったのか……」

唯七が呆然《ぼうぜん》として呟いた。

忠左衛門は、ああ見えて御家老は深慮遠謀の人なのだと付け加えた。それも嘘だが。

「それなのに……それなのに私は……」

と安兵衛も泣き崩れ、己を恥じるように、床を叩いた。

そんな安兵衛の肩を、忠左衛門は身を乗り出し、抱いた。

「しゃあない、しゃあないで堀部……のう、奥田」

ある者は号泣し、またある者は、天を仰いだ。

そんなやりとりを、いずみやのおきんは階段の中段で盗み聞きして、一気に階段を駆け下りた。

「討ち入るって！」

客たちはワッと湧《わ》いた。

こうなると「な、言ったろ」「やるんだって！」と皆、現金なものである。

「いよいよ江戸に来るんですね、あの大石内蔵助が」

呉服屋が感慨深げに呟いた。

「父ちゃん、もし大石様がウチに来たら、タダでお腹《なか》いっぱい食べさせてあげようね！」

おきんが言うと、

「あたぼうよ！　お代なんか取っちゃバチが当たらぁ！」

その様子を、隅に座っていた牢人の二人連れが聞いていて、そっと立ち上がり、店を出て行った。

権左衛門の密命を受けた、大垣藩の者だった。

半月ほどして、本所吉良邸前で、前原は倉橋と首をかしげた。

物々しい武士の一群が入っていく。

内蔵助からの連絡は何も来ていないから、まさか赤穂浅野家以外にも、敵討《かたきう》ちされるようなことを吉良がしでかしたか？　などと話し合った。ちょうど天気もよかったので、商品を干すような素振りで古着屋の二階の物干し場へ上がった。

やはり、警護の付け人の数が増えていた。上杉家の紋も見てとれた。

近ごろ、前原らと同じように吉良邸周辺に蜜柑《みかん》屋を構えた神崎を呼び出すと、どうやら最近、神田のそば屋で会合があったらしい。前原も神崎も、安兵衛らから軽輩の扱いを受けていたから呼ばれていなかった。神崎も又聞きで、そこでの忠左衛門の話を聞いてきた。

御家老、奥方さまと離縁。

討ち入りで累を及ばさぬように、との考えだという。

その話が漏れたのではないか、と前原はすぐに思った。その辺の安兵衛の無神経さ、鈍感さは想像がついた。

それにしても、御家老が奥方様と離縁とは。

ここでも、内蔵助に対する尊敬の念が持ち上がった。

それはやはり、江戸の庶民の間にも瞬《また》く間に広まった。

御家老の大石様を見よ。我ら庶民も吉良方を欺《あざむ》き、物騒な話はなるべく避けようではないか。何せ、討ち入りの日は、いよいよ近いのだから……。

「討ち入らんちゅうに……」

長助はこぼした。いつものように山科の内蔵助の家に集まっているのだった。

「なんでやろ」

「吉田さん、説得に失敗したんやろか」

と源五。

近頃ではこの屋敷の周りにも怪しい者どもが、

「うろついとるで」

と数右衛門。

「ま、そう思われてもしゃあないな」

次郎左衛門が竹林の方に目をやる。

「えいっ！」「いやぁ！」という内蔵助の奇声が聞こえる。

大垣から戻ってずっと、ここのところ毎日、あの調子である。

竹林に入り、木剣を振り回している。

吉良の隠居が原因らしいが、それにしても荒れに荒れている。

「やめさせな」

と言う長助を、四人はじっと見つめた。

「なに見とんねん」

「ああなると手ぇつけられへん」と弥左衛門。

「番方、ナメたらあかん」と次郎左衛門。

「同い年の、竹馬の友っちゅうと……」と源五。

「行かへんぞ」

みなまで聞かずに長助が言った。

「なんでわしやねん。不破でええやないか」

不破は何も答えず、ぷいと顔を背けた。

「不破でええやないか！」

長助はうろたえて叫んだ。

長助が怯《おび》えながら竹林にやってくると、狂ったように木剣を振り回す内蔵助が見えた。

（ガキん時にも見たなあ……）

気に障《さわ》ることがあると内蔵助はよくこうして、奇声を上げ、木剣を振り回していた。

長助は距離をとって立ち止まり、

「あの……あきらめるんは早いんとちゃいます？」

と小声で話しかけた。

「隠居が許されたかて、吉良に沙汰が下るかもしれんし」

「そんなんちゃう」

と内蔵助は木剣を投げ捨て、真剣を抜いた。

ギラリと刃紋が光って、長助は思わず後ずさりした。

内蔵助は腰をすえ、袈裟《けさ》斬りに竹を両断した。斜めに斬られた竹が滑り落ち、地面に突き刺さる。

「わしのせいや」

ポツリとつぶやいた。

「おまえの言う通り、わしはずっと前から何もしとらんかった」

「いきなり、どないしました？」

「御家再興いうても、半分も連れてけへん。言われてみれば確かにそうや。けど、そんなあたりまえのことも、わしには分からへんかったんや。殿がああなったのも、わしのせいや」

「何を言わはるんですか」

「わしがあかんかったんや。わしが、ちゃんとしとれば。昼行灯《ひるあんどん》などと呼ばれ、妾《めかけ》を囲って……いい気なもんや」

長助の中で、何かが溶けた。

こんなに弱い大石内蔵助を見ていられなかった。

だが、語る言葉も見つからない。

「おまえの言う通りや。わしはほんま、でくのぼうや……」

そう言って顔を背けた内蔵助の背中が、小さく感じられた。


「釣りはどないです？」

と次郎左衛門が提案する。

「黙って釣り糸見とったら、討ち入る気満々やと思われるで」

長助は即座に却下した。

源五も、

「普段釣りせえへんモンが急に始めたら、いかにも『芝居しとる』ゆう感じや」

と反対した。

五人は先ほどから、どうしたら討ち入りしなさそうに見えるか、について話し合っていた。

襖《ふすま》の向こうに、続きの間でふて寝している内蔵助の毛脛《けずね》が見える。

「赤穂の頃からやっとったことがええな」

「絵を描きはりますな」

「外から見えんがな」

長助がまた却下した。

「囲碁、将棋」

「外から見えんがな」

「おなごがお好きですな」

「妾でも囲いまっか？　赤穂におった時みたいに」

「外から見えんがな！」

「あ！」

源五が叫んだ。

「ほんなら、三日にあげず廓《くるわ》通いを続ける、なんちゅうのはどないです?」

「ああ、そら確かに、討ち入りしそうにないし」

「御家老らしいし」

「それやな」

と突然、内蔵助が割って入ってきた。

見て、一同は言葉を失った。誰がどう見ても助平面《すけべえづら》である。

「それ、ええんちゃう?」

と内蔵助は腹ばいのまま近づいてきた。

「あかん。遊びたいだけや」

「芝居や、芝居!」

「銭はどないしますの」

「出んのかいな」

「見積もりに入ってまへん」

と長助が差し出した帳面を横目で見た源五が、

「そやけど、ぎょうさん残っとりまっせ。ほいで廓でわしらも御相伴に……約束、覚えてはります？」

と内蔵助に向き直った。

「約束？」

「ほら、百両！　貸し切り！」

「とっとかなあかん」

長助は話を遮った。

またそれか、とうんざりした顔で内蔵助が聞いてくる。

「今さら、何に使うねん」

吉良が隠居した今となっては、という意味であろう。だがここで短慮に走らぬのが番方と役方の違いだ。

「先々のことを考えな」

「先々て何や？」

「先々は先々ですがな」

長助は内蔵助としばし睨み合ったが、内蔵助が折れた。

「……自腹かいな」

「どうしても行きたいんやな」

弥左衛門がため息まじりにつぶやいた。

浮かれる内蔵助に背を向け、長助は見積書を見直した。残金は先日ついに三百両を切り、二百九十九両（三千五百八十八万円）になっていた。

どう見積もっても、遊興費など出せる額ではない。

御家再興が成らなかった場合、という考えがふと頭をよぎり、長助はじっと、見積書を睨《にら》み続けた。

3588万円

赤井は、耳の大きな男だった。おまけに目が異様に吊《つ》り上がった、稀《まれ》に見る異相の持ち主だった。そのような顔に似ず、心根は優しかった……であれば、これから起こる悲劇は免れただろうが、決してそうではなく、この世の怒りや憎しみを一身に溜《た》め込んでいるような男だった。あらゆることに妬《ねた》み、僻《ひが》み、怒って、憎んで、恨んで、生きてきた。そうして性根が完全に腐っていったが、大きな耳のせいだと思っていた。悪いことに、剣の腕も立った。

幼少より通っていた剣術道場で、老いた師匠が赤井より数段達者な男を師範代と決めた時があって、事実、赤井も完全に負けを認めてはいたが、運悪くその師範代候補は美丈夫《びじょうふ》だったから、妬んで、闇討《やみう》ちにして、赤井は師範代におさまった。それと同じようなことが出仕してからも起こった。その頃、赤井の腕は家中で一、二を争うほどになっていて、ある日、御前試合での立ち合いを命じられたが、相手の剣技を見るに、勝てる見込みは万に一つもなく、しかも美剣士であった。例によって妬んで、試合前日の闇夜に背後から叩《たた》き切ったが、この時は、バレた。斬らねばならなかった理由をあれこれと捏造《ねつぞう》し、大嘘をまくし立てたものの、赤井の性根は周囲も薄々知るところだから信じる者は少なかった。だが打ち首前夜に家老の耳に入ると、何かの手違いで死罪を免れ、所払いとなり、牢人《ろうにん》となった。五年ほど前のことである。

そんな男が、内蔵助をじっとりと見つめていた。

密命を受けてから初めて京、山科を訪れたが、見れば見るほど大石内蔵助はチャランポランな男であった。だがモテた。金さえ払えばそりゃモテるだろうと思っていたが、廓の女の目は自分に送るそれとは雲泥の差であった。自分と何が違うのだろうかと思うと、性根のことは棚に上げ、相変わらず大きな耳を呪《のろ》い、内蔵助の正直さや愛嬌《あいきょう》や器量といったものには思いも及ばなかった。赤井はいっそう念入りに内蔵助を観察した。その視線は、赤井と行動を共にするよう命じられた者でさえゾッとするものだったが、ごくたまに笑みを浮かべることもあって、そうした時は内蔵助を斬り刻む様を想像していた。

赤井は、内蔵助を追尾すると必ず、どこからか己に注がれる視線を感じた。その視線の主はやはり自分と同じ牢人で、つまり内蔵助の用心棒であったが、一目見るなり腕が立つのが分かった。それに、赤井はこの男に見覚えがあった。

不破数右衛門だ。

牢人となって間もない頃、かつての主家と近しい赤穂浅野家の不破という男が所払いになったと聞いた。赤井は江戸詰の頃、何度か遠目に不破を見ていた。国許《くにもと》の赤穂では塩奉行であるらしいが、その身のこなしは浅野家中随一の剣の達人と噂《うわさ》されるだけあって、平時でも隙《すき》がなかった。それがある日、上役の者を斬ったという理由で、主人である内匠頭の逆鱗《げきりん》に触れ、追い出されたという話だった。

赤井は、手前勝手に数右衛門に共感を覚えた。自分と同じ、乱暴者である。年も近い。それに、赤井の名前は数馬《かずま》といって、同じ「数」の字がつく。そして同じ頃に、同じような理由で追放され、今は等しく、牢人である。

実は数右衛門は、赤井のような妬みや僻みから事に及んだわけではなく、上役の度重なる不正を諌《いさ》めたら、逆恨みされて斬りかかられ、仕方なく返り討ちにしただけであった。闇討ちでもない。そんなことは赤井は知らないから、いつか相見《あいまみ》える時があれば酒でも酌《く》み交わしたいものだと、勝手に思っていた。

今は不破は、その身を盾として大石内蔵助を守っていた。

（それにしても……）

見れば見るほど、赤井はいやになった。数右衛門は自分と同じく長い牢人暮らしでありながら、身なりこそ貧しかったものの、荒《すさ》んだ様がまるでなかった。涼やかでさえあった。自分と何が違うのかと考えたが、行き着くところはやはり、大きな耳と異相である。いつしか赤井は、酒を酌み交わしたいなどと思ったのも忘れ、数右衛門に斬りかかるところを想像していた。後ろから。

赤井は、密命を帯びていた。赤井が仕えていた大名が赤穂浅野家と近しい間柄であることは前に書いたが、つい先月、五年ぶりにかつての主家の家老に呼び出された。闇討ちの件で命を救ってくれた、あの御家老である。

「討ち入りは、止《や》めさせな」

家老がそう言ってぼんやりと虚空《こくう》を見つめたのを見て、ああ、これは近頃町民どもが噂する赤穂浅野家のことだなと、すぐに分かった。追い出される晩、「一大事の折は、助けを求める」と、家老に言われていたから、赤井の心は湧き立った。その一大事こそ、今であって、その家老こそが、戸田権左衛門であった。

つまり赤井の雇い主は、赤穂浅野家の親類、美濃大垣藩、戸田家であった。

権左衛門は、大石暗殺などという大それた考えを持っているわけではなかった。吉良邸討ち入りを止めさせる計略は二重、三重に仕掛けていて、赤井たちを差し向けたのも、ひとまずは内蔵助の動向を探らせるためであった。だが、最悪の事態を考えると、赤井たちを配置させたのも有効であった。つまり、それが最悪の一手なのも分かっていた。赤井は使い捨てであるから、その性根に問題があるのも承知の上であった。だがその一手を突き詰めて考えると、つい投げやりになった。赤穂浅野家次席家老の大野九郎兵衛同様、疲れ切っていたのかもしれない。ましてや夏の盛りである。権左衛門は、考えるのをやめた。

「いくら使ってもよい」

と、ひとまず、十両（百二十万円）授けられた。

赤井にとっては、過分であった。よくよくの仕事をせねばと思った。

京、伏見の遊廓、撞木町《しゅもくまち》は、山科の南西一里（四キロ）ちょっとの所にあり、山越えして伏見稲荷《いなり》を横目に行けば、徒歩でも駕籠《かご》でも一刻《とき》（二時間）もかからぬ所にあった。

内蔵助はこの行程を、長助らとの打ち合わせ通り「三日にあげず」足繁く通った。中でも〈よろづや〉という廓を気に入って入り浸り、昼は遊女たちとどんちゃん騒ぎに興じ、夜はといえば二回に一回は泊まった。

よろづやを見上げ、源五が身を焦《こ》がすような声を出した。

「ほんまに芝居かどうかわからんな」

と数右衛門も言った。開け放しになった二階の座敷から見え隠れする内蔵助の笑顔は「敵の目を欺く芝居」を越えて、過大にはち切れていた。

「……芝居？」

源五の横に、いつの間に来たのか、右衛門七が立っていた。

「子供は黙っとれ」

数右衛門が静かに言うと、源五も眉根《まゆね》を上げ、

「そや。子供の来る所ちゃう」

と偉そうに諭したが、

「おまえもや」

と数右衛門に言われたので「えっ⁉」と思わず大きな声が出た。

「見張りはわし一人でええ」

辛抱強く見上げていれば、いつか内蔵助に「おい源五、そこに突っ立って何しとんねん」と優しく声をかけられ、御相伴に……という甘い期待は打ち砕かれた。おまけ

に腕に覚えもなかったから、

「行くで」

と源五は右衛門七を連れ、未練を断ち切るように、早足でその場を離れようとした。

またドッと笑い声がして、源五がよろづやを見上げると、内蔵助が遊女を抱きながら、欄干にもたれかかったところだった。

内蔵助の笑顔に浮かんでいるのは、一点の曇りもない助平心《すけべえごころ》であった。自腹ということで、かえって一切の後ろめたさがなく、心の底から楽しんでいるに違いなかった。


「わらわの金でか⁉」

瑤泉院は目を吊り上げ、あられもない声をあげた。

内蔵助の身辺を探る者たちには、吉良方に加え、公儀の意向を忖度《そんたく》した伏見奉行の連中もいたし、さらに赤井ら、美濃大垣の手の者も多かったが、若干名、落合の密偵も混じっていたのである。

密偵の報告を受けた落合は、がっくりと肩を落として瑤泉院に伝えた。

「三日にあげずの、どんちゃん騒ぎだとか」

大切な金を、そのようなことに。

内蔵助への嫌悪感《けんおかん》も相まって、瑤泉院はわなわなと震えた。
「つくづく、呆《あき》れた男や」

物書役だった中村勘助は、赤穂にも京の周辺にも親類縁者がおらず、奥州白河《おうしゅうしらかわ》（福島県）にいる唯一《ゆいいつ》の親戚《しんせき》宅に妻と子を預けることにした。だが先立つ物、つまり金がなくて、おそれながら「手元不如意《ふにょい》」と引っ越し費用の援助を願い出て、中山道《なかせんどう》から東国へ、家族とともに旅立った。まだ小さい末の娘にとっては、初めての家族旅行であった……五両（六十万円）。

原は持病の関節痛がどうにも良からぬ具合となり、効能あらたかな湯治場へ向かおうにも、やはり先立つ物もなく「勝手難義」と援助を乞《こ》うて有馬《ありま》温泉へ向かった……十両（百二十万円）。生活費込み。

忠左衛門は相変わらず江戸組の暴発に備えていた。食費、店賃《たなちん》に当て込んでいた百両はこれまでのツケでアッと言う間に底をつき、連中はもはや徒手空拳で吉良邸へなだれ込まんとする野犬のごとき集団と成り果てていたから、慌《あわ》てて山科へ「飢渇《きかつ》におよび」と食費、生活費の無心をした……十一両二分（百三十八万円）。

一連の金の出し入れをしていたのは、もちろん、撞木町で遊び狂っている内蔵助ではなく、長助と弥左衛門である。

ある日、主《あるじ》のいない大石邸で、次郎左衛門の作った柚子味噌《ゆずみそ》で軽く飯をとり、食後に源五の点《た》てた茶をすすっていると、出し抜けに将監ら重臣たちがやってきた。

「なんや、やっぱり御家老、留守かいな」

「はあ……」

と申しわけ程度の一礼をした後、長助はすぐに算盤《そろばん》へ向かった。将監たちは内蔵助の不在が分かると途端に無礼な態度を取り始めた。

特に、将監の豹変《ひょうへん》ぶりはひどかった。

「また撞木町か？」

「はあ……」

「なんや、遊び狂うとるらしいの」

小山も将監に倣《なら》っての横柄《おうへい》さである。

「困ったもんや。妾でも世話した方がええんちゃうか」

「ええのがおるで。二条の古道具屋の娘や。お軽ゆうねん」

と進藤が笑みを含んだ声で言う。

長助は相変わらず算盤を弾《はじ》き続けていたから、源五が仕方なく、

「おいくつです？」

と渋々、話を合わせている。

「十八やねん」

「ほう。たまりまへんな」

「そやねん。御家老、きっと気に入るで、えぇと……貝賀」

姓を間違われて〝大高〟源五はムッとした。

「あの、貝賀はわしです……」

さすがに算盤をやめ、弥左衛門が口を出した。

「あ、そや、そや。すまんかった」

進藤は薄い笑みを浮かべたまま、源五に続けた。酒の匂《にお》いがする。

「で、御家老は、熊本のこと何か言うとったか？」

「熊本？」

「何や、聞いてへんのかいな」

将監が、顔をしかめて言った。その将監も、頬がほんのりと赤かった。

「仕官や、仕官。再仕官」

一同は押し黙り、目線を交わした。河村が代わって説明した。

「肥後熊本細川家、五十四万石。こないなええ話、返事を延ばす理由がわからんで」

「そや。何考えとんねん」

と小山がいかにも口惜しそうに苦い顔をする。

「御家再興。それしか考えてへんでしょう」

と長助は仏頂面《ぶっちょうづら》で答えた。

「それやけどな……うまくいっても、せいぜい五千石やで。御家老、そないなことも分からへんのや」

「……」

「わしらはともかく、おまえらなどは戻れへんぞ。それより、御家老にくっついて熊本行った方がええ。おまえからも言うてくれや。なぁ、おまえ、えぇと」

「矢頭です」

名も知らぬ相手に話しかける将監に、長助は己の名を告げた。

横から河村が不快な笑みを浮かべながら言った。

「そや、矢頭。あんた、今や御家老の懐刀《ふところがたな》や。連れてってもらえるで」

「進藤の家で待っとる。帰ったら知らせてな」

と将監が立ち上がる。

「すまんの、神崎。茶は今度にするわ」

と源五に声をかけ、重臣たちは去っていった。次郎左衛門にいたっては、大石家の家僕とでも思われたのか、相変わらず一顧だにされない。

「……大高やっちゅうの」

四人はしばし、黙り込んだ。

稲荷山の山道をずんずん進む長助の後に、源五と弥左衛門、次郎左衛門が続いた。

「なんや、あいつら」

源五がむくれて言った。

「わしらの名なんぞ、赤穂におった時から知らへんのや」

「言えんかったんやろなあ……」

と次郎左衛門がポツリとつぶやいた。内蔵助の仕官話のことである。

「行かへんやろ」

と弥左衛門が言った。

「そうか？　御家老、寒がりやで。熊本、ぬくいし」

と源五がからかうように言った。

長助は一人ムッとして、一言も話さなかった。

撞木町に着くと、よろづやの前に張り番の数右衛門がいた。

「どないした？　怖い顔して」

「ちょっとな、御家老に聞きたいことがあんねん」

源五が凄《すご》んで言った。

訝《いぶか》る数右衛門に源五は内蔵助の仕官話を話して聞かせた。

数右衛門は一笑に付して、

「そんなことあるかい」

と鼻で笑った。源五はムッとして、

「わかったもんやないで。約束守らへんし」

などとブツブツ言いながらよろづやへ入っていった。

遠慮して固辞する次郎左衛門を残して、長助と弥左衛門も続いた。二階の座敷に通されると、内蔵助は遊女を包み込んだ二人羽織で虎拳《とらけん》に興じていた。三人は次の間で待たされた。しかめっ面の長助、弥左衛門とは対照的に、源五の顔には笑みが浮かんでいる。いつも持ち歩いているのか、いつの間にか宗匠頭巾《そうしょうずきん》を取り出して被《かぶ》り、念入りにすました表情をしている。

虎拳が一段落して、内蔵助が遊女を抱いたまま、三人の方へ崩れかかった。

「何の用や？」

長助は帳簿を取り出して言った。

「報告ですがな。江戸の連中に……」

「好きに使《つこ》うてええ！　わしには銭勘定は無理や」

「御家老、一つ……」

お聞きしたいことが……と弥左衛門が言いかけたが、

「で、おまえはなんでおんねん？」

と内蔵助は、銭勘定とは関係ないはずの源五に言った。内蔵助の懐にくるまれた遊女も、茶人を気取った源五を見て、クスリと可愛《かわい》げな笑みを漏らした。

「え……」

源五はムッとして、宗匠頭巾を脱いだ。

「だって、約束が……」

「約束？」

「何の話をしとんねん」

と弥左衛門が肘《ひじ》で突つくと、源五は本来の目的を思い出し、

「あの、御家老に、お聞きしたいことが……」

と喧嘩《けんか》腰《ごし》で切り出した。

「もう、ええ」

と長助は制した。仕官話が本当だったら自分たちに黙ったままでいるわけがない、と思った。

「なんや。言いたいことがあるんなら、言うてみい」

「どういうことです?」

不意に横から、若い男の声がした。

見ると、廓の座敷には場違いな、編笠《あみがさ》をかぶったままの不穏な男が廊下に立っていた。

(不破のやつ、何しとんねん)

と長助ら三人が腰を浮かしかけた時、編笠の男の背後から、次郎左衛門が申し訳なさそうな顔を出した。

編笠をとると、中から見慣れた前髪の若侍が顔を出した。

松之丞である。

「……なんでおんねん」

内蔵助の顔から、たちまち酔いが引いた。自業自得や、と長助は思った。

「ほんまやったんですね、父上が遊び狂うとるという話は……」

懐に遊女を包んだまま、内蔵助は顔を伏せていた。

「討ち入りしそうにないように見せる偽装工作」について右衛門七は何も知らされていなかったから、撞木町で狂ったように遊ぶ内蔵助を見て、

（松之丞に何と知らせたらええやろ）

と頭を悩ませた。いったん転居先の大坂に戻り、次の日には旧領の加東郡に住む吉田伝内を訪ねた。松之丞に伝える前に、部屋住軍団の長である伝内に相談したかったのである。伝内は近所に住む間瀬定八を呼び出し、三人で内蔵助の真意を憶測した。三日にあげずとは、ただのおなご好きにしても度が過ぎる。赤穂に住む間十次郎にあらましを書いた書付を送ると、十次郎は岡野《おかの》金右衛門《きんえもん》と村松政《むらまつせい》右衛門《えもん》、中村忠三郎《なかむらちゅうざぶろう》を連れて急ぎ駆けつけてきて、松之丞以外の「離れていても心は一つ！」の面々に、話は満遍なく行き渡った。

糸口となるのは右衛門七の聞いた「芝居」の一言である。御家老たちは何かを隠す

ために芝居を打っている、ということか。とするとやはり、討ち入りという本懐を周囲に隠すためと考えるのが妥当だ。ならば自分たちは置いていかれるのではないかと、途端に焦燥《しょうそう》に駆られた。いや、そうではない、と金右衛門がつぶやいた。堀部様ら討ち入り急進派の面々が頼みとするのは、御家老の蜂起《ほうき》である。だが松之丞から聞く限り、御家老の本意は御家再興に間違いない。だとしたら、逸《はや》る同志たちに「自分はもう、一切討ち入りには参与しませんよ」ということを知らしめるための〝芝居〟なのではないか。つまりそれをもってして、同志たちを諦《あきら》めさせるための〝芝居〟だとしたら……。

こうしてはおれない、その事実をいち早く知った自分たちが動かねば、取り返しのつかぬことになる。一刻も早く松之丞に知らせ、御家老の奸計《かんけい》を止めさせねばと、これは若者らしい、悪《あ》しき性急さだった。父、勘助と共に家族を奥州白河まで送り届ける予定の中村忠三郎が、それならば自分が一足早く発って寄り道し、松之丞に伝えます、と勇んで草鞋《わらじ》を履いたが、いかんせん忠三郎は一同の中でも最年少の十四と若く、話を集約するには言葉足らずで、但馬の松之丞を余計に苛立《いらだ》たせた。

日をおかず、一同は京で合流し、御家断絶以来久方ぶりに八人全員が顔を揃《そろ》え「いざ」と勇んで撞木町に乗り込んできた、という次第であった。

「なにっ⁉　理玖も知っとるのか？」

廓の中庭で、内蔵助は松之丞と二人きりで向かい合った。

「産後の母上が、どれだけ心を痛められたか……」

内蔵助はうなだれたが、ふと「さんご？」と、顔を上げた。

「なんや、生まれたんか！　男か、女か？」

「男の子です」

「そうか、男か……」

熱いものがこみ上げてくる。

「喜んどる場合やありまへん。江戸の方々が、どんな思いでおられるか」

「しゃあないねん。芝居や、芝居」

と内蔵助は声を潜めて言った。

「やはり……」

と松之丞は顔を曇らせた。

「そや。敵の目を欺いとんねん」

「敵？　では」

松之丞の顔に、見る見る喜びの色が広がった。

松之丞は、大きく目を見開いて、

「討ち入るんですね⁉」

と廓中に響き渡る大声で言った。

「逆や、逆！　……おい、私も加わります！」

松之丞は「皆に知らせてきます！」と表へ駆け出して行った。

「アホ、よう話を聞け！」

と内蔵助は松之丞を追おうとして、ふと足を止めた。

去っていく松之丞とすれ違ったにこやかな僧形《そうぎょう》の男は、よく知る人物であった。

「なんでここにおんねん」

二度目の御家再興工作で今ごろ江戸へ到着しているはずの祐海和尚は、内蔵助と目が合うと慌てて顔を伏せ、踵《きびす》を返した。

「おいコラ！　待ち！」

内蔵助は祐海和尚を追い、廊下の先でその首根っこを摑《つか》んだ。

「行ってない!? 江戸に、行ってないんか？」

座敷の一つを借りて、内蔵助は長助らと祐海和尚を取り囲んだ。

「どういうこっちゃ……」

長助も呆然《ぼうぜん》とつぶやいた。

よろづやの者から聞き出すと、和尚は相当な上客とのことだった。江戸へ行くと言っては京に立ち寄り、お茶を濁していたのだろう。これまでの旅費や御家再興の工作費用諸々《もろもろ》も、ここで散財されたに違いなかった。

「おのれに幾ら払《はろ》うたと思うとる。こいつらがなんぼ骨折って銭作っとると思う？」

内蔵助は長助らを指しながら言った。

「今すぐ行け！　早駕籠で行け！」

その剣幕に和尚は小さくなって、ポツリとこぼした。

「今更行っても、手遅れですやん」

「……どういう意味や」

「聞いてへんのですか……大学様は知行召し上げ、広島の御本家に御預けになりましたで」

「……何っ!?」

衝撃が走った。

吉良への沙汰《さた》など論外であった。

幕府の決定は、大学長広の閉門は許す、ただし屋敷も知行も召し上げとし、妻子ともども広島の浅野本家に引き取らせよ、というものであった。つまり……、御家再興の望みは、完全に潰《つい》えた、ということである。

内蔵助の声は震えた。

「進藤や小山は……叔父御たちは、知っとんのか」

「その人らに聞きましたんや、五日も前に」

和尚は悪びれずに言った。

内蔵助は、部屋を飛び出した。


数右衛門と次郎左衛門は、伝内ら部屋住たちから質問攻めに遭っていた。内蔵助がよろづやから出たかどうかなど知る由《よし》もない。

「だから、芝居や言うとるやろ！」

「その芝居とは、どういう芝居なのですか？」

「討ち入らんけど、討ち入りそうやから、討ち入らんように……」

などと次郎左衛門がかえって若者たちを混乱させていると、

「不破っ！　御家老は？」

と弥左衛門がよろづやから飛び出してきて、叫んだ。

見回しても、内蔵助の姿はどこにもなかった。

「きっと山科や。進藤はんのとこ」

と源五に言われた弥左衛門が走り出す。源五もつられて、

「前にもあったな、これ」

と、弥左衛門を追いかける。

数右衛門は焦《あせ》って、

「おまえら、のけっ、のかんかい！」

と若者たちをかき分けて後を追おうとするが、道を譲ろうとした者たちがかえってぶつかり合い、数右衛門も若者たちも皆、あっという間に水路に落ちた。飛沫《しぶき》の合間に、よろづやから走り出ていく、耳の大きい男の後ろ姿が見えて、数右衛門はさらに焦って、川底の泥に足を取られた。

「番方、いっつもこうや……」

階下の様子を見下ろしていた長助は、そうつぶやき、

「駕籠呼んで！」

と如才なく店の者に頼んで、和尚を一瞥し、出て行った。


（殺すしかない）

赤井はそう思った。

廓中に轟《とどろ》く「討ち入るんですね⁉」という大石の倅の大声も聞いたし、そのせいもあって、大石が僧侶を問いつめるのも近くの小部屋から聞くことができた。

「討ち入りは、止めさせな」ということは、つまり、大石内蔵助を殺せばいいわけだ。吉良邸へ討ち入るのならば、いずれ大石らは江戸へ向かうわけだから、その道中でいくらでも仕掛けられようものだが、それは思い浮かばなかった。赤井は、それだけ視野の狭い男だった。だが大局が見えない分、小局には鼻が利《き》いた。

よろづやを出ると、不破数右衛門と若侍たちが水路で溺《おぼ》れていた。踵を返して表通りへ駆け、暇そうな駕籠かきの首根っこを摑んだ。

「大石内蔵助は駕籠を拾ったか」

駕籠かきは、耳の大きい、この面妖な男に摑まれると、かねてよりのお得意様、大石殿はついさっきここで駕籠を拾って「山科や。急ぎで頼む」と何やら真っ赤な顔で……と、手もなく答えた。

数右衛門らが近づく気配があり、赤井はすぐさま別の道から水路へ戻って、無人の猪牙舟《ちょきぶね》に飛び乗り、同輩が来るのを苛々と待ってから、まっすぐ北へと舟を走らせた。その猟犬のような追跡能力は天才的であって、そうした意味では、やはり権左衛門の目に狂いはなかった。

撞木町から山科へ向かうには、まず北へ半里ほど行き、伏見稲荷の参道から東へ入り、稲荷山を越えるのが普通である。赤井は、伏見稲荷の手前で乱暴に猪牙舟を乗り上げると、飛び降りて周囲を見回した。遠くの参道を、尋常ではない速さの駕籠が通り過ぎた。あれは「急ぎで頼む」と言われた駕籠に違いあるまい。赤井は駕籠を横目に見ながら、そのまま伏見稲荷の参道へ飛び込み、人をかき分け、かき分け、神社の奥の山道に走り込んだ。

(戸田家に返り咲く)

ひょうたんから駒《こま》のような強運に足が震えた。権左衛門は「罪を赦《ゆる》す」とは一言も言っていなかったから、これは赤井の早合点であった。

後を追ってくる戸田家の者たちは、自分が御家老から何らかの密命を受けていると思い込んでいるようだった。お目付役気取りなのが気に食わなかったし、それにいつもの僻みもあってこの者どもとはろくに話もしなかったが、それが功を奏したらしい。

だが赤井が山道に入り、稲荷山の頂近くで獣道を駆け上がり、笹《ささ》の葉を分け入って刀の鯉口《こいぐち》を切ると、さすがに驚いた様子で聞いてきた。

「よいのか？」

殺して、という意味であろう。

「よい……」

赤井はそう言って山道の先を見つめ、近づく音を一切聞き逃すまいと、大きな耳をそばだてた。

「赤穂浅野家国家老、大石内蔵助殿とお見受けいたす！」

と駕籠の前に立つ己の様を想像して、赤井はまた喜びに震えた。

本日は、起死回生の日である。

だが、駕籠はなかなか来なかった。

道を間違えたかと思ったが、そんなはずはない。怒り狂った大石内蔵助は、とりわけ近しい親族の進藤源四郎の家へ向かうはずだ。この道でしかない。否《いな》、同じ親族の小山源五右衛門の家へ向かったとしたらどうだ？　たしか撞木町に近い十条の辺りだと聞いた。思えば先ほどの駕籠も、そう切羽詰まった様子には思えなくなってきた。

自分は、千載一遇の機会を逃したのか？

赤井はジリジリとして爪《つめ》を噛《か》み、立ったり、座ったりして、笹の葉の中から山道を覗《のぞ》いた。焦り過ぎではないかと自戒した瞬間、戸田家の者たちに侮蔑《ぶべつ》の表情が浮かんだ。

大石内蔵助を殺したら、こいつらも全員殺してやる、と思った。

日が落ちる寸前、駕籠がやってきた。

赤井は飛び出し、まっすぐに駕籠に駆け寄った。

刀を抜くと、駕籠かきは駕籠を放り出し、慌てて逃げていった。

用意していた「大石内蔵助殿とお見受け……」の口上も忘れ、赤井は駕籠側面の簾《すだれ》に、容赦なく刀を突き立てた。

手応《てごた》えがあった。十分にえぐって、引き抜くと、たっぷりと血がついていた。

内蔵助の苦悶《くもん》の顔を見たいと思って簾に手をかけたが、他の者たちが上から横から斜めから、めったやたらに駕籠に刀を突き立てるのでそれも叶《かな》わず、赤井も苛々しながらもう一度、刀を突き立てた。

「うわ――――っ！」

突然、遠くで絶叫が聞こえた。見ると、宗匠頭巾をかぶった男が立ちすくんでいる。

その横に不破数右衛門がいた。

赤井はニヤリと笑って見せた。

数右衛門は躊躇《ちゅうちょ》なく刀を抜くと、まっすぐに走ってきた。

斬り合いになった。

数右衛門の強さを知らぬ戸田家の者たちが、果敢に挑みかかって行っては、次々と斬られてゆく。

（馬鹿《ばか》め）

赤井は数右衛門の背後に回った。数右衛門が三人目と刃《やいば》を合わせているのを見計らい、振りかぶった。

斬った、と思った瞬間に、斬られた。振り向きざまの斬撃《ざんげき》だった。

駕籠の横に倒れたので、数右衛門が簾をめくるのがよく見えた。最期《さいご》に、無残に斬り刻まれた大石内蔵助を見ることができるのは僥倖《ぎょうこう》だ、と思った。だが、簾の向こうで血まみれとなっていたのは、大石ではなかった。

そこには、山科でよく見かける小男がいた。

「矢頭さん！」

と叫ぶ声が聞こえ、自分はそういう名の男を殺したのか、と思って、死んだ。

その頃、内蔵助は、進藤邸の門前にたどり着き、しばし、息を整えていた。

伏見稲荷を越えて山道を行くと、峠の手前で駕籠を乗り捨て、獣道へ入ったのだった。つまり、赤井らが伏せていた場所のすぐ近くである。よく知った竹林で、その方がだいぶ近いのは分かっていた。猪《いのしし》のように藪《やぶ》をかき分けて進んだ。竹の葉が無数に切り傷を作ったが、気づかなかった。それほど怒り狂っていた。

内蔵助はしばし両膝《ひざ》に手を当て、中腰の姿勢を取ると、顔を上げた。

息は整っていたが、怒りの赤い顔はそのままに、大股《おおまた》で門をくぐり、屋敷に足を踏み入れた。台所で立ち働く進藤の家人たちがギョッとして手を止めた。

そのまま、まっすぐに奥の間へ向かった。

客の気配がした。笑う声さえ聞こえて、怒りがさらに増した。

奥の間の襖《ふすま》を開けると、酒宴の最中だった。

進藤が慌てて振り返る。小山と河村もいた。

「ご、御家老……」

三人が跳び上がった。

「雁首《がんくび》そろえて、何の相談や」

主であるはずの進藤が上座を譲っていて、そこに膳《ぜん》だけが置かれていた。

「誰がおった？」

「酒も博打《ばくち》も女も知らず〜」

厠《かわや》の方から、場違いに呑気《のんき》な鼻歌が聞こえてきた。

「百まで生きてる馬鹿な奴《やつ》〜」

とほろ酔いで廊下を戻ってきたのは、やはり、将監であった。

内蔵助と目が合うと、将監もさすがに凍りついた。

が、すぐにふて腐れた顔になり、内蔵助の横を通って、上座の膳の前に座った。内蔵助の怒りで染まった顔に、もはや何の申し開きも効かぬと悟ったようだった。

「和尚に会《お》うた。全部聞いたで」

将監は答えず、膳の肴《さかな》をつまんだ。不遜《ふそん》であった。

「おい、聞いとんのか」

「御家再興が叶うなどと、誰も本気で思ってまへん」

将監は恬《てん》として、そう言った。

「何やと」

「よう考えてみなはれ。御上は大名潰《つぶ》しの名人や。殿はあの日、むざむざと潰す口実を与えはった。赤穂は儲《もう》かる。あないにええ塩作る土地手に入れて、御上がそう簡単に手放すわけないがな」

「ほんなら、最初から……」

幕府は、内匠頭の性格を知り、その失敗を待っていたということか。

将監は、そんなことも分からぬのか、とばかりに侮蔑の笑みを浮かべてみせた。こいつ、斬られるつもりか、と内蔵助は思った。それほど挑発的な笑みだった。

「親戚の連中は、わしらにおとなしゅうしといてほしいだけや。赤穂の牢人どもの巻き添えくらって、これ以上肩身の狭い思いはしとうないんですわ」

最初は御家再興に助力すると偽って籠城《ろうじょう》を封じ、次は引き続き尽力していると偽って、吉良邸討ち入りを封じようとしている。そんな幼稚な嘘が見抜かれなければ、親戚連中は幕閣内で変わらず面目を保てるのだ。赤穂の牢人どもの頭目が、元筆頭家老の〝でくのぼう〟である限り、再仕官などの餌《えさ》を与えておきさえすれば、嘘は決して見抜かれないと踏んだのだ。

（やはり、わしのせいか……）

そうして己を省みて卑屈になるのが近頃の内蔵助であったが、それとは別の怒りが湧き上がった。自分が馬鹿にされるのはよい。しかし……。

「肩身が狭いんは、その牢人どもの方や」

そんな言葉が口をついて出た。江戸の連中の貧しい暮らしぶりを想《おも》った。

「皆、どないな思いをしとるか」

援助の金を待つ身の、卑屈に歪《ゆが》む顔を想った。

「どないな思いで、おとなしゅうしとるか」

江戸の庶民に蔑《さげす》まれ、うつむく顔も見えた。

「ただ、武士の一分を立てたいだけやがな」

皆の顔は、どいつこいつも、痛々しかった。

「それを、なんでここまでコケにされなあかんねん」

馬鹿にするな。

「なんでやねん！」

内蔵助の目に悔し涙が溢《あふ》れた。

将監たちがうつむいた。

と、その時、

「御家老っ！」

と玄関の方で、弥左衛門の大声がした。

「どないしたっ！」

内蔵助は玄関へ走った。駆け寄ると、弥左衛門に背負われた長助が、床板に寝かせられるところだった。抱きとめ、見ると、長助は全身、血まみれであった。

「御家老と間違えられたんや……」

弥左衛門が震える声で言った。

その後ろには数右衛門や次郎左衛門、松之丞ら部屋住の若者たちが呆然と立ち尽くしていた。

「なんやと……おい、長助！　長助！」

内蔵助は吠《ほ》えた。

長助は、やかましい、という顔でうっすら目を開けた。もはや虫の息だった。

「御家老……熊本行った方がええ」

「なんや、それ」

「こないなことで、棒に振ったらあかん」

「なんでやねん！」

四十年来発してきた、まっすぐな「なんでやねん」であった。

「ほんなら、討ち入るつもりやな」

「わからん……」

「銭、足りまへんで」

長助は震える手で懐から見積書を出した。血で真っ赤に染まっていた。

「それはおまえが何とかせい！」

「やっぱりやるんかいな」

頬を引きつらせ、長助は苦笑した。

「ほんなら、大事に使わな……」

「わかっとる！　見積もる！　先々のことを考えて」

「まあ、無理やろな」

「そんなことあらへん！」

長助は、最後の力を振り絞るように、グッと目に力を入れた。

「役方、ナメたらあかん」

にやりと笑って、長助は、そのまま死んだ。

「おい！　長助！　長助！」

内蔵助は泣いた。弥左衛門も次郎左衛門も泣いた。

右衛門七は、

「わしのせいや……わしの……」

と、つぶやいて、崩れ落ちた。

内蔵助は長助を床に寝かせ、しばし合掌《がっしょう》した。そしてやおら目を開けると、

「相手はどこのモンや？　吉良か、上杉か……？」

と低く聞いた。

数右衛門が、奥から覗きこんでいる将監たちを見据えると、

「奥の人らに聞いてもらえます？」

と内蔵助に言った。

内蔵助は立ち上がり、将監らの方へ近づいていった。

「知らん……知らんがな……」

将監が後ずさった。将棋倒しの要領で小山などは尻餅《しりもち》をついたが、そもそも腰が抜けているようでもあった。

「お、大垣や！　親戚筋が……」

圧に耐えかね、進藤が吐き出した。

それを知っていて黙っていたのか……？

内蔵助は思わず刀に手をかけたが、やめた。

（よう、見とけ）

内蔵助は、将監らを睨《にら》みつけたまま、

「松！」

と松之丞を呼んだ。松之丞が進み出る。

「但馬へ帰れ。理玖に伝えろ。ほんまに離縁や。縁を切る」

一同は皆、理解した。

ついに御家老は意を決したのだ。

言うまでもなく、討ち入り後に累《るい》が及ばぬように、という離縁であった。

「不破。ひとまず京における連中、集めい。場所は」

次郎左衛門が進み出た。

「円山《まるやま》に心当たりがあります。そこなら」

「ええもん食えるんか？」

次郎左衛門が大きくうなずいた。

「しかも、安く！」

「そこにしよ。皆にええもん食わしたろ」

数右衛門と次郎左衛門が、すぐさま走り去る。

長助の遺骸《いがい》を右衛門七に背負わせ、内蔵助も出て行こうとして、振り返った。

「よう見とけ。赤穂の牢人どものすることを」

数右衛門は一心に走った。後ろからついてくる次郎左衛門とどんどん差がついたが、構わずに月夜の下を走り続けた。

数右衛門は、耳の大きな男を知っていた。どこかで見た顔だった。だがいかんせん、牢人暮らしが長かった。あのような湿った目を持つ男など山ほど見ていたから、最後の最後まで、あの耳の大きな男と戸田家が結びつかなかった。己の最大の不覚であった。

立ち止まって振り返ると、次郎左衛門の姿は見えなくなっていた。

長助の横顔を思い浮かべた。いつ見ても、算盤を弾いていた。

「すんまへん……」

数右衛門は心の底から悔いて、そう呟《つぶや》き、また駆け出した。

大坂、堂島で長助の葬儀を滞りなく済まして京へ戻ると、内蔵助はその足で円山へ向かった。重阿弥《ちょうあみ》という安養寺の塔頭《たっちゅう》の一つに酒食を供する庵《いおり》があり、そこを借り切ったのである。

集めた人数は十六名。次郎左衛門はこの食事代を金三分（九万円）に抑えた。

それぞれの前に、値段以上の膳が並んでいて、遅れて入ってきた内蔵助は一瞥すると、改めて次郎左衛門の采配《さいはい》に感じ入った。

内蔵助は上座に座った。

「待たせたの」

神妙な面持ちの一同を見回して、内蔵助はわずかに顔をしかめたが、

「吉良を討つ」

と言い切った。

「そのお言葉を、待っておりました」

四ヶ月ぶりに会う久太夫が、涙目で言った。一同からすすり泣きが漏れた。

「これはいくさや。必ず勝たなあかん」

内蔵助が力を込めて言った。

久太夫がいつかの神文誓詞の束を差し出した。

「神文に誓った我ら百十四名と、吉良の付け人、及び上杉からの援軍、数の上では五分と五分。決してヒケはとりまへん！」

「相手は吉良やない」

内蔵助は静かに告げた。

「なんと」

「ほんなら、上杉十五万石……」

と小野寺十内がつぶやいた。

内蔵助は、

「ちゃう……公儀や」

と、低く言った。皆が一気に緊張するのが見てとれた。すすり泣きの声さえ瞬時に途絶えた。

ナメられたままでは、あかん。内蔵助の思いはもはやその一点だった。

「決行は亡《な》き殿の三回忌、来年の三月十四日」

と内蔵助が言った時、

「それは少し、遅くありまへんか」

と原が抗議の声をあげた。

「江戸の同志は皆、待ちくたびれておりまする！」

安兵衛も不満そうだ。横の唯七も大きく頷《うなず》いている。

（なんでおんねん）

内蔵助は、カチンときた。

先ほど内蔵助が思わず顔をしかめたのは、呼んでもいない原や安兵衛らが、早水あたりから話を聞きつけたのか、急ぎ江戸からやってきて、何食わぬ顔で最前列に座っていたせいであった。

庶民に蔑まれ、逸る気持ちは分かる。だが、それにしても……。

江戸と京を往復する旅費は六両（七十二万円）、それが三人分である。次郎左衛門が抑えた食事代も、三人分の急な追加ということで金三分（九万円）では収まらず、一両（十二万円）を請求されているという。

「堀部。吉良邸の絵図面は手に入っとんのか」

「いえ、手は尽くしてはおるのですが」

「前原に聞け。きっと持っとる」

「は？」

「吉良邸の前に古着屋出しとる。吉良の引っ越しも手伝っとる。火事があったら見物のふりして、屋根から吉良邸眺めとる。そういうことをしとる連中もおるんや！」

内蔵助は一喝した。

（この金食い虫めっ！）

と喉《のど》まで出かかったが、さすがに止めた。

「これは、いくさや。負けられへんねん。一回こっきりの大勝負や。いざ討ち入って
吉良が見つからんかったら、江戸中の笑いもんやぞ」

「い、委細、承知つかまつりましたっ！」

安兵衛は表情をこわばらせながらも、唯七ともども、平伏した。

それを眺めてから、内蔵助は改めて一同を見回し、言った。

「火消しの浅野に消せん火はない。段取りに万全を尽くし、来年三月十四日、吉良を
討つ！」

「三月までもちまへんで」

「なんでやねん！」

宴席が見える廊下で弥左衛門に言われ、内蔵助は声を荒らげた。

弥左衛門は久太夫から預かった神文誓詞の束を掲げる。

「人が多過ぎますねん。上方《かみがた》のモンだけで五十六人。連れてくだけで破産ですわ」

「何人連れてけんねん」

「三十から三十五」

「そんだけかい！」

酒を運ぶのを手伝っていた次郎左衛門が、

「江戸のもんと合わせても、五十人も残りまへんな」

と横を通り過ぎながら言った。

「十分ちゃうか」

と言う数右衛門の目は据わっている。

内蔵助はしばらく廊下をウロウロと行ったり来たりして、

「……松之丞！」

と宴席に向かって叫んだ。

「そんな、あんまりです！」

松之丞と右衛門七は内蔵助から境内に呼び出され、唐突に討ち入り要員から外された。

二人のみならず、部屋住の者たち全員、江戸へは連れていかぬことにしたという。

彼らはそもそも大評定にも出ておらず、神文誓詞も提出していない。予算的には明らかに余計な人員であったし、旅費だけではない、江戸へ着けば店賃《たなちん》（家賃）も食費もかかる。

「我らはハナから討ち入りと……それに、この右衛門七にとっては父の敵《かたき》のようなもの！」

「やかましい。足手まといや」

だいたい、長助が死んだのもおまえたちの考え足らずの勇み足のせいではないか。

松之丞は、そう言われたように思った。だから、若さに起因する「足手まとい」といわれれば返す言葉もなく、松之丞は右衛門七と肩を並べ、しょんぼりとうなだれて宴席へ戻った。

「いよいよだな！」

そんな気も知らず、安兵衛と唯七が近づいてきて、言った。

「おぬしら若侍の働き、期待しておるぞ」

「それが……」

松之丞は事情を説明した。安兵衛と唯七はうなずきつつ聞いてくれたが、途中から、どこか面倒くさげな表情が見え隠れしだした。それでも松之丞と右衛門七は必死に懇願した。

「ということで、もはや堀部様におすがりする他なく」

「どうか、どうかお口添えを！」

二人で安兵衛らの前に平伏した。

「不憫《ふびん》な……」

と安兵衛は、松之丞の肩に優しく手をかけた。だが、

「しかしそれがし、急ぎ江戸へ舞い戻り、同志をまとめねばならぬ！」

と、ことさら重大事のように言った。

「我らに任せよ！　必ず、吉良の首を獲《と》る！」

唯七も、笑顔で言った。

結局、安兵衛らは、最初から自分たちの言うことなど何も聞いていなかったのだ。

松之丞はがっくりと肩を落とした。

身勝手な大人たちより自分たちの方が余程覚悟が決まっているという自負はあったが、右衛門七の父を死なせてしまった短慮はどうあがいても挽回《ばんかい》のしようがない。遠くで見ていたらしい数右衛門が哀れむような視線を投げかけてきて、それもまた煩《わずら》わしく、松之丞は飲めぬ酒を無理に呷《あお》った。

安兵衛らは翌日、旅費をもらって江戸へ発《た》った。同じ頃、浅野大学長広が妻子とともに江戸を発し、広島の浅野本家へ向かった。両者は東海道のどこかですれ違ったはずだが、安兵衛はまったく気づかなかった。

「そんなもん、なんでわしがやらなあかんの？」

待ち合わせの京の外れの廃寺で、弥左衛門から神文の束を渡され、源五はボヤいた。

神文誓詞は全部で百十四枚あったが、上方にいる五十六人の他に赤穂周辺の者を加えると、七十七人。神文の文言通り「何があっても御家老に従う」と言った者たちも、御家再興が潰えた今となっては、何人かは手の平を返すだろうが、それならば討ち入りを、と言う者を、はい分かりましたとそのまま全員連れて行けば、旅費だけで間違いなく破産である。ありがたく自腹で行く者もいるかもしれないが、皆等しく貧しい牢人暮らしでは期待はできない。ならば何人連れて行けるかというと、弥左衛門が弾いた計算では三十人で、つまり半数以上の者に神文を返し、討ち入りには加わらせない、という作戦であった。人員削減である。

「せやから、なんでそれを、わしがやらなあかんの？」

「御家老のご指名やがな。あんた、討ち入らへんのやろ?」

「そら、討ち入らんけど……」

源五は円山の会議には出ていなかった。神文誓詞も書いていない。たまたま赤穂での茶会の帰りに塩問屋に一緒に連れて行かれ、瑤泉院の金の回収を手伝っただけで、あとは成り行きで安兵衛ら江戸の急進派の鎮撫《ちんぶ》をやらされたりしたが、そもそも討ち入りどころか、御家再興にもさほどの期待はしていなかったのだ。ここであっさり武士をやめ、俳句や茶の世界で細々と生きるのも我ながら似合っていると思いつつも、後ろ髪を引かれるのは内蔵助との「約束」である。それは神文などより余程大事に思えた。もしや、ここでその人員削減に協力すれば、今さら百両には届かぬだろうが、あの「約束」が叶う一助になるかもしれぬという淡い夢も芽生え、源五は渋々、弥左衛門の後をついていった。


元大目付の早川惣介の家は宇治にあって、訪ねてみると、豪農かと思うほどの大きな屋敷に住んでいた。縁戚の者が商いに成功しているらしかった。

「そうか……あかんかったんか、御家再興は……」

早川は肩を落とした。血色も良く、身なりも小綺麗《こぎれい》であった。

「というわけで、これを……」

と弥左衛門が、早川の神文誓詞を畳に丁重に置く。

「なんや、これは……」

早川は、目の前に出された神文を見つめ、気色《けしき》ばんだ。

「これは神仏に誓った連判や。それを返しに来るとは、どういう了見や！」

と、烈火のごとく怒った……ように見えた。

「御家再興の望みもむなしく……」

「さっき聞いたわい。せやからいよいよ、吉良邸に」

討ち入るんだろうが、と言いかける早川を遮り、

「討ち入りまへんがな」

と、源五はすました顔をして言った。

「なんやと？」

わずかに、早川の頬が緩んだ気がした。

「牢人改が厳しうなっとるんですわ。箱根の山も越せまへん。江戸の連中も、ぎょうさん捕まっとりますわ」

「ほんまか」

「ほんまです」

「そうは言うても、世間が何と言うか。赤穂のモンは、揃いも揃って腰抜けやと」

早川が口の中でごにょごにょとつぶやいている。

白い目で見られる、ということにこの男は慣れてきている、と源五は思った。ならば安心させてやればよい。

「今だけですがな。世間なんぞアッちゅう間に手の平返しよる。そら、冷たいもんです。だいたい、御公儀に楯突《たてつ》いたらどないなことになるか」

討ち入り反対の意見などいくらでも出た。そんな源五を横目で見る弥左衛門は、えらく感心しているようだった。

「せやから、はよ討ち入らなあかんと言うとったんや！」

と早川は乱暴に神文を受け取ったが、その顔にはやはり、どこかホッとしたような、安堵《あんど》の色が見てとれた。

高禄《こうろく》だった藩士の大半が、皆、早川のような表情をして神文を受け取った。江戸の連中のように困窮している者は少なく、それぞれ自活できていたから、口では「殿の敵《かたき》」などと叫んではいても、その実、望んでいたのはどうやら御家再興一本だったらしく、それも潰えて、あとはいよいよ討ち入りかと思うと、皆、戦々恐々としていたに違いなかった。喜んで受け取っては格好がつかないから、早川のように何らかの言いわけをつけては渋々、といった態度で神文を受け取ってゆく。

また、もともと討ち入りを本望としていたが、この一年半の間に状況が変わったという者も多かった。皆それぞれに、事情があった。

赤穂郡代だった佐々小左衛門は、

「この年になって、恥ずかしい話やが」

と、若い妻を娶《めと》ったことを話した。

源五がすかさず、

「めでたい話ですがな！　けど、あの奥方さまはこれから、何して食べていきますの？」

と言うと、佐々は手もなく、神文を受け取った。

武具奉行だった灰方藤兵衛は、子が生まれたばかりであった。

源五は耳ざとく奥の方から赤子の泣き声を聞きつけると、

「元気やなあ、男の子でっか？」

と聞いた。灰方が気まずそうに「そや」とつぶやくと、

「ほんなら、早いうちお寺さんに預けて、坊さんにしといた方がええ」

と暗い表情を作ってみせる。

「なんでやねん」

「討ち入りは、恥や。親が討ち入ったら子も同罪。良くて島流し、悪くて打ち首、獄門、さらし首。恐れ多くも御上に楯突いた不届きモンちゅうて、未来永劫《えいごう》、子々孫々まで馬鹿にされ……」

陰々滅々とした説教を垂れて灰方を閉口させ、神文を受け取らせた。

「さすがやな。わしも脱けたくなってきたわ」

田舎道を西へ歩きながら、弥左衛門が感心した口調で言った。

やがて二人は京、大坂を経て、旧赤穂藩の飛び地、加東郡に入った。ここには吉田忠左衛門のように、内蔵助を信奉する者も多かったから、

「それ、ほんまに御家老が言うとんのか？」

と、なかなか源五の話を信じなかった。

「その御家老が、あきまへん。あの人はもう、腑抜《ふぬ》けや……」

源五は口をへの字に曲げ、困った顔をしてみせた。

だが、中にはしたり顔で、

「聞いとる。三日にあげず廓《くるわ》遊びしとるゆう話やろ。せやけどあれは、吉良方の目を

欺《あざむ》く芝居やろが」

と言う者もいたが、源五は真っ赤になって、

「ちゃいますがな！」

ただのおなご好きです、と力説した。

その「おなご好き」にしても今に始まった話ではない、赤穂の頃だって妾の一人二人はいただろうに、と言い返す者には、

「ああ、先月で十人超えましたな」

「増えとんのか！」

と驚かせ、落胆させた。

「なんや、近頃は目えまで濁ってきはりましてな。わしらの名前もよう覚えとらんのですわ。その代わり、おなごの名前だけは、何百人でも忘れん」

「奥方さまとは、あれ、離縁とちゃいまっせ。逃げられたんです。奥方さま、逃げて正解や。先見の明がありますな」

あることないことを吹聴《ふいちょう》した。

「昼は遊廓、夜はお妾。自分ばかりが楽しんどるんです！ 自分一人だけが！」

その点に関しては我ながら切実であったから、相手も鵜《う》呑《の》みにしたようだった。

「……病気やないか」

皆、呆《あき》れ返って、寂しそうに、神文を手にした。


「無茶苦茶言いよるな」

「何がほんまか、自分でもようわからん」

神文の束もめっきり少なくなり、源五が弥左衛門と御取潰し以来、久方ぶりに赤穂の地を踏んだ頃には、残暑がすっかり和らいでいた。

懐《なつ》かしの赤穂城には、下野烏山《しもつけからすやま》から移った永井直敬《ながいなおひろ》が入部していて、城内の屋敷も永井家の家臣が居住しているから、二人が訪れるのは城下の外れの家々だった。

ここ赤穂でもやはり、高禄の者ほどあっさり神文を受け取り、中には、

「わし、そんなもん書きました?」

と空とぼける者もいた。

城下の外れもはずれの裏長屋に、茅野和助が住んでいた。

茅野は、頑として神文を受け取らなかった。

「受け取らんて。あんた、御家中に来てたった四年やろ?」

「いかにも。前にいた美作でも御家改易の憂《う》き目《め》に遭いました。これで二度目。よく

やはり茅野は、笑った。丸顔だった頰がすっかりこけていたが、懐かしい笑顔だった。

「よく運がない」

内職用の傘が床を埋めている、ことのほか貧しい暮らしぶりだった。

痩《や》せた妻が笑顔で番茶を出してくれた。奥には、洟《はな》を垂らした小さな男児がいた。

「ほんなら、義理立てする必要あらへんがな」

「そんな運のない私を拾ってくれたのが、内匠頭様です。その御恩に報いなければ、武士とは言えんでしょう」

「ほんまに分かってます？ 討ち入ったら、切腹でっせ」

「人は誰でも、一度は死にます。それが少し早いか遅いか、というだけです」

その言葉に寸分の迷いも見当たらなくて、源五はほとほと困った。奥の洟たれ小僧を見つけ、

「あの子もかわいそうに。島流しや。その上、未来永劫、子々孫々まで馬鹿にされ……」

「そうでしょうか」

茅野は微笑《ほほえ》んだまま、慈愛に満ちた目で息子を見つめ、言った。

「たとえそうだとしても、こいつだけは分かってくれるんとちゃいますか。父は最後まで、武士として生きたと」

「えらい……、あんた、ほんまもんの武士や……」

涙声が出てしまった源五を弥左衛門がまじまじと見つめている。その視線を感じながら、源五は神文誓詞を懐《ふところ》に引っ込めた。

翌日、二人は備後国三次まで足を伸ばした。その男が決して神文を受け取るとは思えなかったが、念のため、行った。

家人に言われた川べりへ行くと、男は釣り糸を垂れ、じっと水面《みなも》を見つめていた。

「御家老は、そんな人じゃありませんよ」

その釣り人、菅谷半之丞は、源五の言葉を一笑に付した。

（やっぱりな）

と思いつつも、源五は続けた。

「ほんまでっせ。もはや腑抜けです。生ける屍《しかばね》ですわ」

「〝奉公の道は、信実に忠行を勤むべき事〟。御家老がそれを、忘れるはずがない」

「は？」

「侍は、〝さぶらう〟の心なり。とにかくそれは、受け取れません」

萱谷は釣り糸を引き上げ、帰り仕度を始めた。

「〝内談の義は、隠密たるべき事〟。ここでは危ない。私の家へ行きましょう」

（変わってへんな）

源五は弥左衛門と目を見合わせると、苦笑して、匙《さじ》を投げた。


道々で詠《よ》む源五の句に〝秋風〟の季語が入り始めた頃、二人は京へ戻ってきた。

「結局、御家再興だけが望みやったんやな」

と幻滅させられる者がいる一方、討ち入りを熱烈に志願する者もいて、心を鬼にして人員削減に励まねばならなかったから、弥左衛門の心はささくれ立っていた。二人の旅費は方々を廻った割には三両二分（四十二万円）と自分が仕切っただけあって随分安く上がったので、どこかで一泊、お疲れさんの会でもしようではないかと、珍しく源五を誘ったが、案に反して、

「もう三、四軒、行かへんか？」

と源五は言った。

「なんでやねん」

「残っとるやろが、三、四軒」

「そら、そうやけど、そいつらは……」

神文誓詞云々《うんぬん》以前に、討ち入りなど論外な者たちであった。

「行かな、あかんやろ」

そう言った源五の目は、底意地悪く笑っていて、弥左衛門をゾッとさせた。

「な。行かなあかんやろ」


「どういう意味や？」

目の前に神文誓詞を出され、将監はムッとした。

「こたび、御家再興の望みも空《むな》しく」

源五が白々しいほどの神妙さで言った。

将監は眉根《まゆね》を寄せた。

なんだ、これは？　嫌がらせか？　あの勘定方の小男が死んだ晩、たしかこいつらも一緒にいたではないか。戸田家の差し向けた刺客の件に自分が一枚噛《か》んでいると、知っているではないか。

将監は神文誓詞に目を移した。そうか。このように熊野牛王符《くまのごおうふ》に誓ったくせに、おまえは御家老を裏切ったのだと、そう言いたいのか？　つまり、恨み言か。

「わかった、わかった。受け取りゃええんやな」

と神文を手に取り、

「おい、客はお帰りや」

と奥の家人に声をかけた。

「それでは……」

源五と弥左衛門はあっさりと腰を浮かし、帰り支度を始めた。

ようあんなでくのぼうに付いて行く気になるのう、と言いかけるのを呑み込み、将監は手持ち無沙汰に神文を見直した。

そこには〝進藤源四郎〟と書かれていた。

「待たんかい。これ、わしのとちゃうがな」

帰りかけていた源五は将監から突き返された神文を見つめ、将監の顔と見比べて、

「あれ？　ちゃいました？」

と言った。

「ちゃうやろが。よう見てみぃ」

「や、これは、これは」

源五が慌《あわ》てたように神文の束を懐から引っ張り出す。

「熊野権現に命をかけて誓ったもんを、お名前を間違えたらえらいことになりますな」

と言いながら、将監に神文を渡し直した。

そこには〝小山源五右衛門〟と書かれていた。

「ちゃうがな！」

将監は思わず神文を投げつけた。

「あ、えらいすんまへん……」

源五は神文の束を激しくめくりながら、

「えーと？　えーと？」

と大いに悩んでいる。横から弥左衛門が、

「これちゃうか？」

と引っ張り出した神文には〝河村〟の字が見えた気がする。なんや、こいつら。字も読めんのかと、将監は大いに苛ついた。なぜか二人は、笑みが浮かぶのを堪《こら》えているようでもあった。

「ほんまか？」

「たぶん、そや……いや、わからん……」

ブツブツ言い合いながら二人は手を止め、じっと将監の顔を見つめる。

「奥野や！」

将監はたまらず怒鳴った。

「あ、そや、そや、奥野はんや、そうやった、奥野はん」

二人はもはや半笑いで神文を返すと、背中を震わせながら退出した。

（わしの名を知らんはずもあるまいに……千石取りの番頭、奥野将監やぞ）

と、残された将監はしばらく屈辱に震えていたが、たしかに、吉良邸討ち入りに加わらなければ名も残らぬかもしれぬと気づくと、どこか寒々しい思いで、暮れなずむ庭を見つめた。

「二十九か……ずいぶん減ったの」

帰ってきた源五と弥左衛門を山科の屋敷で出迎えた内蔵助は、残った神文を数え、どこか寂しげに言った。

「すっきりしました！」

源五が溌剌《はつらつ》と答える。

弥左衛門は、

「江戸の連中がどんだけ残るかわかりまへんけど……そんなんで勝てまっか?」

と不安そうに聞いた。

「勝てる。こいつがおる」

内蔵助はそう言って、一枚の神文誓詞をかざした。

署名には、菅谷半之丞、とある。

いよいよだ。菅谷を軍師につけ、いくさをする。山鹿《やまが》流の軍略に乗せて、己の武を見極める。一軍の将として、これほど冥加《みょうが》なことはない。内蔵助は勇み立ち、武者震いした。

「どないした?」

弥左衛門が、土間に立つ数右衛門に声をかけた。

数右衛門は珍しく深刻な顔で、

「あの……ちょっとええですか」

と小さな声で言った。

「なんや?」

内蔵助が聞くと、数右衛門の後ろから、伝内ら部屋住の者たちが入ってきて、神妙に土間に正座した。

皆、必死の形相であった。年少の松之丞と右衛門七、忠三郎に到っては、前髪を落とし、月代《さかやき》を剃《そ》っていた。

「なに勝手に元服しとんねん」

内蔵助はムッとして言った。

「連れてってくれんのなら腹を切る、言うてます」

と数右衛門が横から言った。

「また増えた……」

弥左衛門が大きなため息を漏らした。

「源五」

内蔵助が命じると、源五は渋々、若者たちの前へ出て、

「討ち入りは、恥や。打ち首、獄門……」

とすっかり言い慣れた文言を語り始めたが、すぐに、

「それはもとより、覚悟のこと！」

と間十次郎に遮られた。

「こいつら、よう分かっとる」

数右衛門が若者たちに助け舟を出した。源五は続けた。

「おまえらが死んだら、家族の世話、誰が見んねん」

「親類縁者にあたり……」

と村松政右衛門が言いかけたのを、

「話はついとんねん！」

と数右衛門が歯がゆそうに遮り、代弁した。

（そういうことか……）

内蔵助は、数右衛門の意図を悟った。

若者たちの肩を持つのは、撞木町の水路の水にむせた仲間同士だからというわけでもあるまい。

数右衛門は、むざむざと長助を死なせてしまったのを、心から悔いているのだ。それはこの若者たちも同様だろう。自分たちの馬鹿《ばか》な早とちりのせいで矢頭様が殺された、と真剣にそう考え続け、己を許すことができずにいる。だから数右衛門はこのまま放ってはおけぬと思ったのだ。

内蔵助は、こんな若者たちこそ連れて行きたい、と思った。と同時に、こんな若者たちこそ残しておきたい、という正反対の思いもよぎった。

源五は諦《あきら》めず、

「だいたいおまえら、殿への御目通りも済んでなかったやろ。義理立てすること……」

と言いかけたが、数右衛門が叫んだ。

「わしかて殿に追い出された！　せやけど、いつか帰って来いと」

「おまえは黙っとれ！」

弥左衛門が口を挟んだ。数右衛門の気持ちが分かるのだろう。

だが、その気持ちだけでは、事は済まぬ。忠義だけでは、いくさはできない。

松之丞が顔を上げた。

「私は、馬を拝領いたしました。それだけといえば、それだけですが……」

言いたいことをうまく言えぬのか、もどかしげに松之丞の声が小さくなる。

「わしは毒見役や」

源五が唐突に言った。

「朝晩、殿の御顔を遠くから眺めていただけや。ま、それだけといえば、それだけやが」

「わしもや」

と次郎左衛門も台所で振り向き、言った。

「わしは、殿の御顔など、そうめったに見れんかったが」

「あの笑顔は、忘れられへん！」

数右衛門が、そう叫んだ。

思えば、武士なら当たり前の話なのだ。

内蔵助にとっても、数右衛門にとっても、皆にとっても、内匠頭は太陽だった。

それが武士だ。難しい話ではない。

（それだけで、ええんちゃうか）

と、内蔵助は思った。

「あと何人連れて行ける？」

気づくと、そう言っていた。

「またやり直しでっか」

弥左衛門が呆れたように言った。

「ぶつくさ言うな」

と数右衛門が凄《すご》んだ。弥左衛門は仕方なさそうに暗算して、

「半分」

と言った。

半分、という弥左衛門の言葉が胸を突いた。連れて行きたい気持ちと、残しておきたい気持ち、それを見透かされたような気がした。

内蔵助はおもむろに立ち上がって、土間へ近づいた。

「おまえら、〝後備え〟て聞いたことあるか」

数右衛門は、何を言い出すのだという顔をしたが、若者たちは一様に身を乗り出した。

「いくさの言葉や。先手が失敗したら、残った者で敵の首を獲る。それが後備えや」

「……」

「半分連れてくが、残りは後備えや。異存ないな？」

寂《せき》として声なく、異論を唱える者はいなかった。

「ほんなら、くじ引きや」

「しからば、これにて……」

表の道で、くじに外れた伝内、政右衛門、定八、忠三郎らは、頭を下げた。

くじに当たった松之丞、右衛門七、十次郎、金右衛門は、それに応《こた》え、一礼した。

「四人か」

伝内らハズレ組の四人は、肩を落とし、とぼとぼと去っていった。

皆、泣いていた。

彼らの姿を内蔵助は遠くから見送った。

「後備えなんて、あるわけないやないですか」

その声に振り向くと、数右衛門は泣いていた。

予算の面からも一回こっきりと決まっているのだ。後備えなど、夢のまた夢である。

「武士の一分も立てられへん。卑怯《ひきょう》もん呼ばわりされた挙句、島流し……」

「これがほんまの貧乏クジや」

源五もつぶやいた。

その時、松之丞らアタリ組が、ハズレ組のあとを追って走り出した。松之丞らは追いつく寸前に立ち止まり、膝《ひざ》を折って、土下座した。地面に、頭をこすりつけている。

ハズレ組の伝内は、一瞬、悔しそうに顔を歪《ゆが》めたが、

「武功を、お祈り申す」

と言って、深々と頭を下げた。

政右衛門も定八も忠三郎も、皆、頭を下げている。

「ええ子らや……」

次郎左衛門が号泣して、両手で顔を覆《おお》った。

薄暮の中、内蔵助は、見えなくなるまで、若者たちを見つめていた。

貧乏クジであってたまるか。あの若者たちが世間から蔑《さげす》まれるのを想像すると胸が痛むが、その時すでに己はこの世にはいないのだと思うと、何とも歯痒《はがゆ》かった。

その夜更け、久しぶりに山科の家で眠っていた松之丞は、算盤の音で目を覚ました。襖《ふすま》を開けると、燭台《しょくだい》の下で内蔵助が慣れぬ手つきで算盤を弾いていた。武骨な、まったく算盤に向いていない指であった。

「私がやります」

と松之丞が立ち上がりかけると、内蔵助に、

「理玖は、知っとんのか」

と制された。

こうして勝手に元服して、勝手に討ち入りに加わろうとしていることをである。

「自分も討ち入ると言って、聞きませんでした」

「怖いのう……」

と父は笑った。

「父上の、力になれと言うておりました」

「ちから、か」

内蔵助はそこでやっと算盤をやめ、筆を取った。

「前から考えとったんや。こう書く」

と、紙に〝主税《ちから》〟と書いて、掲げた。

「ちから。おまえの名や。民の力になるという意味や。気張らなあかんで」

松之丞は子供のように大声で泣き出しそうになって、やっと堪えた。

内蔵助は、颯然《さつぜん》としている。幼い弟妹を寝かしつける、母の子守歌《こもりうた》を聞いているときの父の表情に似ている気がした。


九月から十月にかけて〝同志〟は続々と江戸へ向かった。

次郎左衛門が、松之丞改め主税と右衛門七の、まるで守役のように、東海道をのんびり歩いていると、後ろから俳人風のいでたちの男に追い抜かれた。

源五であった。

「えっ、行くの?」

次郎左衛門が驚きの声をかけると、

「約束、守ってもらわな」

と源五はむくれ顔で言った。主税が聞き咎《とが》めて、いっぱしに口を挟んだ。

「約束？ どういう約束です？」

「子供は黙っとれ！」

源五はぴしゃりと撥《は》ねつけ、先を急いだ。

「男の約束や……」


近松勘六、大石瀬左衛門、間瀬久太夫、孫九郎《まごくろう》親子、小野寺十内に幸右衛門《こうえもん》、間喜兵衛と十次郎、岡野金右衛門、茅野和助、中村勘助、岡島八十右衛門、早水藤左衛門、そして菅谷半之丞……皆、牢人改《ろうにんあらため》に警戒して、徒党は組まぬよう、武器の携行も最小限に、変名を使って関所を越えた。

旅費は一人頭一律、三両（三十六万円）であった。

「えらい安う済んだな、今度の旅費は」

内蔵助について最後発で上方を出た数右衛門が、横の弥左衛門に言った。

「ああ。今までの半分や」

「これまでが贅沢《ぜいたく》し過ぎやねん」

「ちゃう」

内蔵助は否定した。

「片道だからや」

討ち入りが成功しても失敗しても、生きて帰れるはずがない。

「ああ、そうか……」

そう答える数右衛門は、サバサバとしたものだった。

昨夜、内蔵助は弥左衛門と、江戸入り前の最後の会計監査をした。

乾いた血が付着した長助の〝見積書〟も大いに参考になった。

そこには、

「万が一、討ち入る場合には」

との項目も入っていたのである。

竹馬の友ゆえ分かる本心かと、内蔵助は胸を打たれた。

弥左衛門もその慧眼《けいがん》に舌を巻いた。見積書には江戸行きの旅費、一人頭三両もすでに計上されていて、長助はその人数さえぴたりと的中させていたから、実際の残金の百三十六両二分（千六百三十八万円）と照らし合わせてみても殆《ほとん》ど差はなく、さすが役方の鑑《かがみ》、先の先まで読んではる、と大いに感心していた。

「一同、江戸へ入ったら、三田の屋敷に集まる」

箱根の峠に差し掛かったところで、内蔵助は言った。

あれほど無駄遣いと罵《ののし》った屋敷も、今となっては有難かった。ボロではあるが、あの広さならかなりの人数が住め、店賃もだいぶ浮くはずだ。

「わしらの城や！」

内蔵助は、いつかの原の言葉を、意気揚々と叫んだ。

1638万円

「焼けた⁉　なんで⁉」

七十五両（九百万円）で購入した三田の屋敷が火事で焼失したと聞き、内蔵助は開いた口が塞《ふさ》がらなかった。

十一月五日、内蔵助一行は江戸へ入ると、まっすぐ日本橋石町《こくちょう》の、忠左衛門が内蔵助用に世話した借宅に向かい、江戸組の連中と再会した。

狭い室内には、二十数人の男たちがひしめきあっていた。

「今年初めに火事があり、あの辺りは軒並み……」

安兵衛が青い顔で言った。

「今年初め？　そんな前かい！　言うてくれたら……」

見積もりも違ってくる、と言いそうになって呑《の》み込んだ。たしかずいぶん前に、金のことは何も心配するな、と言った気がしたからである。

「なんで消せんかったんや。火消しの浅野やぞ！」

「ようやく修繕も終わり、引っ越す矢先だったもので」

「一度も住んでへんのかい！　おい！　七十五両やぞ！」

「な、何の申し開きようも……！」

と畳に額をこすりつける安兵衛がさすがに不憫《ふびん》で、内蔵助は深呼吸を一つした。

「……ほんなら、今はどこに住んどんねん」

「皆、たいがい長屋を借りたり……」

「長屋？　店賃《たなちん》なんぼや？　ここは？　店賃なんぼ？」

「たしか、金三分《ぶ》（九万円）と聞きましたが」

小野寺十内が答えた。

「高いなあ！」

内蔵助は天を仰いだ。弥左衛門が早速、算盤を取り出した。

「私のとこは新糀町《しんこうじまち》やが、店賃が二分二朱《しゅ》（七万五千円）に……」

と言って忠左衛門は息子の沢右衛門《さわえもん》（年収二百六万円）に、

「番銭が、なんぼやったかな？」

と聞いた。町内会費のことである。

「四百と三十八文《もん》（一万三千百四十円）です」

と答える沢右衛門の横で、村松三太夫《むらまつさんだゆう》が手を挙げ、

「私の所は番銭なしの、銀二十六匁《もんめ》（五万二千円）です」

と申告した。横の勝田新左衛門《かつたしんざえもん》（年収二百二十四万円）も潑溂《はつらつ》と、

「私の所は……」

と言いかけたが、

「ちょっと待て！　一体、何軒あんねん！」

内蔵助が両手を上げて制した。

一同はしばらく、がやがやと借宅数を確認し合った。新糀町、深川、本所と多岐にわたっており、だいたいどこも三、四人で同居しているが、この場に来ていない者もいる。伝聞や風の便りも混じりながら、誰と誰が同居しているのかと組み合わせてゆく。しばらくして安兵衛が代表して言った。

「十四軒です」

「多いな！」

内蔵助は眉根《まゆね》を寄せ、横の弥左衛門に、

「十四軒で三月まで言うたら」

と小声で囁《ささや》いた。弥左衛門が平均店賃からざっくりと見積もりを弾きだして、内蔵助に算盤を見せた。

「あかんな」

内蔵助はつぶやき、慌《あわ》てて、

「もう借りたらあかん！　みんな、新しくどっか借りたらあかんで！」

と大号令を発した。

次回の会合の日取りや連絡の取り方などを確認してお開きになり、皆が帰っていくなか、

「吉田さん！」

と忠左衛門を呼び止めた。

「ようやってくれました。江戸の連中が早まらんかったんも、みんな吉田さんのおかげや」

内蔵助は深々と頭を下げた。

忠左衛門は恐縮した様子で、

「礼には及びまへん。皆、一つになりましたからな」

と言って、寺坂吉右衛門を呼びつけた。寺坂は藩士ではなく、吉田家に所属する足

軽で、忠左衛門の忠実な下僕だ。

寺坂は内蔵助の前に進み出て、

「江戸の皆様で集まった時の、場所代です」

と懐《ふところ》から手形を出して、内蔵助に奉じた。円山での会合の結果を伝えるため、江戸の連中だけで集まったらしかった。

「……大川？　庚申丸《こうしんまる》？」

と内蔵助は見慣れぬ文言に首をひねる。

「屋形船です」

寺坂は何のためらいもなく笑顔で言った。手形には、金三分二朱と銀五匁五分五厘《りん》（十一万六千円）の、屋形船の借り受け代金が記載されていた。

忠左衛門が内蔵助に顔を寄せ、周囲をはばかるような小声で囁いた。

「月見の宴に見立てましたんや。どこに敵の目があるか、分かりまへんからな」

「ほう、船な」

「はい」

「十四軒もあんのに、船な」

「はい」

内蔵助の嫌味も忠左衛門には通じず、弥左衛門は、渋々と金を払った。

「えらいこっちゃ」

弥左衛門は内蔵助の借宅に居残り、予想外の出費に頭を抱えた。長助の見積書にも、江戸へ来てからのことまでは書かれていなかったのである。

「いきなり余り金がなくなりましたわ」

「余り金？」

と主税がまた横から口を出した。

「子供は黙っとれ！」

なぜか源五が強く叱責《しっせき》する。

「ここは一つ……何とかなりまへんか？」

役方としての恥も外聞もかなぐり捨て、弥左衛門は内蔵助に聞いた。これまで番方から散々言われてきた文言であるが、それほど残金は心もとなかった。

「なりまへんな」

かつての長助を真似《まね》たように内蔵助は答えた。大石家の財力にも限界があるということか。

「自腹は撞木町で使い果たした」

「えっ⁉」

傍目にも分かるほどオロオロとうろたえた源五を無視して、弥左衛門は話を進めた。

「どないします？　店賃だけの話やありまへんで」

「飯も食うし、酒も飲むしな」

と数右衛門が言った。

アテにしていた〝三田の屋敷〟がなくなり、合わせて十四軒分の店賃を三月まで払うと、三十両（三百六十万円）を超えてしまう。さらに食費は手形から割り出すと、店賃を軽く超えて五十両（六百万円）以上である。

次郎左衛門が、

「かかり過ぎや。皆、いまだに外で食うとる」

江戸の連中から渡された手形の山を見ながら、ブツブツと言った。

「十六文、十六文、十六文……何回そば屋行っとんねん」

「なんとかなるか？」

哀願するような内蔵助の目を見て、次郎左衛門は強い口調で言った。

「自炊でっせ」

「おお」

「外で食うたらあきまへんで」

「わかっとる」

次郎左衛門は横から手を伸ばし、弥左衛門の算盤を弾いて内蔵助に見せた。

「これでどないです？」

「ほんまか！」

示した食費は、驚愕の安さだった。

「台所役人十五年のすべてを賭《か》けます。そやけど十四軒となると、わし一人では……」

数右衛門が身を乗り出してくる。

「手伝うで。これでも牢人暮らしは皆より長い。自炊はお手のもんや」

「私も手伝います！」

と主税が闇雲《やみくも》に言った。

「松、おまえ、メシ作れんのか？」

主税とまだ呼び慣れぬらしい内蔵助が、前の名で聞いた。

「ダメです。でも、運ぶぐらいなら……」

主税は健気《けなげ》に答える。

「おおきに。ほんなら、やったりますわ。腕の見せ所や」

と次郎左衛門はさっそく荷物からタスキを取り出した。

「そうすると、なんぼや？」

内蔵助に言われ、弥左衛門は算盤を弾いた。

出した金額に、

「まだまだやん……」

と一同は肩を落とす。これだけ知恵を合わせても無理なものは無理か。

「あの……」

ずっと黙っていた右衛門七が遠慮がちに申し出た。

「なんや？」

「来月までは今のままとして、年明けに引っ越して頂くのはどないです？」

蛙《かえる》の子は蛙である。弥左衛門は右衛門七の中に長助を見た気がして、

「そやな。せめて五、六軒にまとめて、店賃も半分にな」

と援護した。

「そないに都合ええとこあるか？」

「江戸から離れたら、なんぼでもありまっせ。ほんで、討ち入りの寸前に、また越して来たらええ」

牢人慣れした数右衛門が言った。

「あ！」

内蔵助が大声を出した。

「平間や！」

内蔵助一行は江戸へ入る直前、川崎の平間村に数日間滞在した。同志の冨森助右衛門《とみのもりすけえもん》（年収九百二十三万円）が土地の大名主、軽部五兵衛という者と近しい関係で、その大きな百姓家を一軒借り受けたのだった。この軽部という名主は冨森への信頼もさることながら、若い時分に江戸でたまたま火事に遭い、その時に〝火消しの浅野〟を見かけてからの大の赤穂贔屓《びいき》で、「屋敷も何もかも、好き放題に使うてくだされ」と肩入れも並々ならぬものがあった。

そうは言っても、いきなり五十名ほどの牢人が大挙してやってきたら、百姓どもは腰を抜かすだろうし、すぐに土地の奉行の知るところとなるだろう。

「半分……いや、二十人くらいか？」

「そうしてくれたら、もう大助かりや」

次郎左衛門は喜んだ。一軒にまとめてくれさえすれば、何十人分の食事でも受けて立つ自信があった。

「残りはどないします?」

「お寺さんなんか、えらい世話になりましたで」

とまた数右衛門。

「あ、寺な。店賃かからんな」

と内蔵助が感心したように言う。

「そしたら、どないなる?」

と内蔵助に言われ算盤を弾こうして、ふと出口の方を見ると、源五が、荷物を持って出て行こうとしていた。

「どこ行くねん?」

皆と目を合わせようともせず、源五は寂しげにつぶやいた。

「討ち入らん者がおると、皆の士気に関わりますやろ」

「あ?」

「約束、守ってくれんし」

「約束?」

と呑気に言う内蔵助を、源五が目をむいて睨みつけた時、その後ろから半之丞が入ってきた。

「話にならない……」

「どないした？」

半之丞に続いて神崎が入ってきて、しょんぼりと座った。

半之丞が憮然《ぶぜん》として語り出した。

「吉良は、上杉の屋敷へ泊まりがけで出かけることが多いそうです。それに対し、何の手も打っていない。あなた方はこの江戸で一体、何をしていたんです？」

問われた神崎がしょんぼりとうなだれて、

「やってますよ、吉良邸の図面とか、構造とか、間取りとか……」

とブツブツと不満げにこぼした。

「前原に聞いてみい。前原、どないした？」

と内蔵助が聞いた。そういえば今日の打ち合わせにも前原伊助の姿が見えなかった。

「前原さんは……」

と言いかけた神崎を遮り、半之丞が、

「とにかく！　吉良の在宅日がつかめねば、話にならない。いざ討ち入ったら留守でしたでは、天下の笑い者だ！」

と激して言った。

神崎は、

「けどこればっかりは……」

と、口を尖《とが》らせて反論する。

「ここひと月は特に気まぐれで、ぷいと出て行ったきり何日も戻りまへん。たまに茶会の日に帰ってくるぐらいで」

「茶会？」

半之丞は色めき立った。

「なぜそれを先に言わない！　ならば、その茶会に参席する茶人に取り入り、日取りを探ればよい！」

（あっ）

弥左衛門は次郎左衛門、内蔵助と同時に腰を浮かした。

数右衛門がそれより早く、表へ走り出て行く。

「どうしました？」

と訝《いぶか》しげに眉根を寄せる半之丞に、内蔵助がニヤリと笑って見せ、言った。

「ええのがおるで」

「刀がない⁉　刀、売ってしまったんか！」

と驚愕する内蔵助の前で、唯七がうなだれて座っていた。

食事の支度場所をなるべくまとめるべく、内蔵助の借宅ともう一軒、剣術道場にも使用しているという本所林町の安兵衛の借宅が支度場所に選ばれた。内蔵助が自腹で酒を買って様子を見に来てみると、そこにいた唯七は、なぜか目を合わせようとせず、こそこそと逃げ出すような素振りさえ見せたので、問い詰めてみるとこの有り様だ。

唯七の前には、大小二本の、竹光があった。

「しかもおまえの、殿から拝領されたもんやんけ。それを売って、何が敵討《かたきう》ちや！」

忠義もクソもあるもんかい、と内蔵助は思った。

「何に使った。博打《ばくち》か！　女か！」

唯七は、わっと泣き崩れた。

隅で腕組みしていた安兵衛が言った。

「それもこれも、討ち入りがどんどん延期になったからです」

唯七への憐憫《れんびん》ゆえか、または単に自分の家だからか、いつになく態度が尊大であった。

「一年前なら、売らずに済んだんです！」

「わしのせいか？　わしのせい言うんか？」

内蔵助は立ち上がり、安兵衛の胸ぐらをつかんだ。

孫太夫らが慌てて割って入り、なだめにかかった。

内蔵助は座り直して、

「いくらで買い戻せんねん」

と唯七に聞いた。

「……一両（十二万円）」

「しゃあない、戻したれ」

「ありがたき幸せ！」

唯七は深々と頭を下げた。

事ここに及んでは、たった一両でさえ痛い金額であった。

さめざめと泣く唯七の後ろで、

「あの……」

と手を挙げる者がいた。間喜兵衛。御歳《おんとし》六十九の、元馬廻であった。

「わしは、質《しち》に入れたわけやないんやが、得物は昔から、槍《やり》でしてな」

「そうでしたな」

嫌な予感がして、内蔵助はぞんざいに答えた。

「しかし江戸へ発《た》つにあたり、牢人改めに気ぃつけなあかんちゅうことで、置いてきてしもた」

だから何だというのだ。

「一世一代の大いくさ、できれば、自分が得意とする武具で戦いたい！」

喜兵衛は涙声で立ち上がり、槍をしごく様を見せた。

「わしもや！」「わしも！」と次々と声が上がり、皆が立ち上がった。

鍵槍《かぎやり》、直槍《すやり》、大身槍《おおみやり》、十文字槍《じゅうもんじやり》……。様々な槍の名が乱れ飛んだ。

「全員、刀でええやんけ！」

長屋のドブ板を歩きながら、内蔵助が吐き捨てた。

後ろから夕餉《ゆうげ》の重箱を抱えた主税と次郎左衛門たちがついていく。

「あんなん全部揃《そろ》えたら、また余り金がなくなりまっせ」

と弥左衛門も重箱を担《かつ》ぎながら言った。

（また、余り金か……）

後ろで聞いていた主税は、父の背中に疑念の目を向けた。

「人を減らしてまで……一体、何のために」

内蔵助殿のおなご好きは、病気だ。但馬の祖父の言葉が思い出された。

「松之丞。御家老を信じろ！」

と横の右衛門七が声を潜めて言った。

内蔵助は一人、どんどん行って、

「……討ち入り、できひんぞ」

とこぼしてから、不意に立ち止まった。

「どないしました？」

「最近、前原の顔、見とらんの」

「はあ、前原っちゅうと、本所で古着屋を……えっ？」

弥左衛門が啞然《あぜん》とした顔で内蔵助を見ている。

「この際、恥も外聞もあるかい」

金の無心であった。

前原の古着屋は吉良邸の斜め前であったから、言うまでもなく内蔵助が出向くわけにはいかない。代わりに源五を遣わした。

一刻後に源五は、

「あきまへんな」

と手ぶらで帰ってきた。前原はひと月ほど前から体調を崩して床に臥《ふ》せ、同居の倉橋も看病に付きっきりで、古着屋は閉めているという。そのような時に金を貸してくれとも言い出せず、仕方なく帰ってきたのであった。

「まあ、しゃあない。無理がたたったんやろ……」

と内蔵助は大きなため息をつき、一分金を二枚（六万円）、手文庫から取り出した。金はもはや、そのような小さな入れ物で事足りるほど、少なくなっていた。

「滋養のつくもんでも食わしたってや」

渡された次郎左衛門は、翌日、折良く顔を出した磯貝十郎左衛門にその金を預けた。高慢ちきと噂《うわさ》されていた元内匠頭近習のこの若侍は、殊勝にも最近、食事の差配を手伝うようになっていた。次郎左衛門は、前原邸への食費に滋養のつく食材を多く充《あ》てたとしてもひと月はもたせる計算であったが、磯貝はその金を丸々使って、朝鮮人参《にんじん》を購入し、翌日、前原の家へ届けたという。若くして高禄だった磯貝は、その辺に気の回る才覚は持ち合わせておらず、次郎左衛門を大いに歯嚙《はが》みさせた。

残金は、金五十一両と銀十匁（六百十四万円）ほどであった。

614万円

十二月二日の朝、衣紋坂の上から吉原遊廓を見下ろして、源五は深いため息をついた。

四方庵山田《やまだ》宗徧《そうへん》の邸《やしき》へ向かう途中だった。宗徧は江戸の千家茶道の元締めで、吉良邸の茶会には必ず招かれるといってよい茶人であった。あの後、内蔵助や半之丞に頼みこまれて茶会の日程を探ることになったが、嫌味な物言いさえなければ、もともとが世を泳ぐ才覚に長《た》け、愛嬌《あいきょう》もあって誰からも好かれる男であったから、かねてから俳人としての源五を慕う羽倉斎《はぐらいつき》という伏見稲荷の神官から中島五郎作という呉服商を紹介してもらい、京の商人・脇屋新兵衛という変名を使って抜け目なく立ち回り、すんなりと四方庵への弟子入りを推挙された。

今のうちから宗徧に近づいておけば、三月《みつき》先、三月十四日の吉良の在不在も、いつ米沢へ引っ込むかも、間違いなく分かるはずだ。探索費として弥左衛門からいくばくかの金をもらってはいたが、源五はそれも殆《ほとん》ど使わずに、するすると本丸である山田宗徧まで近づいてしまったのである。

いっそこの余った金で一人で遊ぼうか、とも考えたが、近々刊行を考えている句集にかかる費用も馬鹿《ばか》にならず、そのための借金もしていて、金はそちらへ流れた。

源五は去ろうとして、もう一度振り返った。

百両（千二百万円）で一軒貸し切り。

そう内蔵助と約束したのが、もう一年前だ。

「自腹は使い果たした」という先日の内蔵助の話を聞いて、目の前が真っ暗になった。あの人は自分だけが楽しい思いをして、一人未練なく吉良邸へ討ち入ろうとしている。男と男の約束を反故《ほご》にして、だ。どうやっても実現させねば気が済まないが、残金が五十両ほどになってしまった今となっては、夢のまた夢である。これから予想される出費を考えても、残るのは五両（六十万円）か、そこらか。しかし、一軒貸し切りは無理だとしても、それだけあれば案外楽しく遊べるのではないか。ましてや、自分と内蔵助の二人だけならば……。

（よし。今晩にでも、御家老に言うてみよ）

源五は懐《ふところ》から宗匠頭巾《そうしょうずきん》を取り出して被《かぶ》り、山田宗徧の邸へ向かった。

その頃……。

深川八幡《ふかがわはちまん》門前の茶屋の座敷には、頼母子講《たのもしこう》の集会と偽って、内蔵助をはじめ元赤穂藩士の面々が集まっていた。商人風に髪を結った者、行商の荷を担いでくる者、旗本風に気取った者など、頼母子講に仕立てるために念入りに変装をしてきた者も多かった。

内蔵助は上座で待ちながら、その顔ぶれを眺めていたが、会議の最後には川崎、平間村への集団移住と外食禁止令を切り出さねばならず、気が重かった。

全員が揃ったところで、内蔵助の斜め前にいた忠左衛門が、皆の方へ向き直った。

「討ち入りまで、まもなく三月や。吉良方の警戒も厳しゅうなっとる。こうして全員集まるのも今日が最後かもしれん。皆、話を聞き漏らさんようにな……では、御家老」

内蔵助はうなずき、皆を見回した。

「おのおの方《がた》、くどいようやが、いま一度言わせてもらう」

腕組みを解き、人差し指を一本、天に掲げた。

「一回や！　勝負は、一回こっきりやぞ！」

「承知のこと！」「わかっとります！」の声が飛んだ。

内蔵助は満足げにうなずき、

「ほんなら、菅谷！」

と半之丞の名を呼んだ。

半之丞は内蔵助の前へ進み出て、

「いくさですね」

と笑いかけた。

「おお！」

と内蔵助は低く応《こた》えた。

半之丞はすぐさま内蔵助に背を向け、皆の方へ向き直った。

「では、前原さん！　倉橋さん！」

病み上がりの前原が、倉橋とともに末席から前へ進み出た。

「おお、前原！　もうええんか」

と内蔵助は気遣った。事を為《な》すに大事な男だ。

「はい。朝鮮人参のおかげで、ありがたく……」

まだ顔色は冴えないものの、前原は笑って見せた。

半之丞が二人を見ながら言った。

「お二方の地道な探索の甲斐《かい》もあり、吉良邸の内部が手に取るように分かりました」

「おおっ」「ようやった！」と一座から感動の声が漏れた。

前原と倉橋が皆の前に、吉良邸絵図面を広げた。それを木村岡右衛門と潮田又之丞が助ける。前原らが調べ上げた見取り図の下絵を、元絵図奉行の木村と潮田が、皆に分かりやすいよう拡大、清書したのだった。

前原は元、蔵奉行、倉橋は扶持《ふち》奉行、そして絵図奉行だった木村、潮田……思えば皆、役方である。

「役方、ナメたらあかん」

そんな長助の末期《まつご》の言葉が思い出されて、内蔵助は改めて感じ入った。

拡大してもまだ絵図面は小さく、後列の者は立ち上がり、一同で図面を取り囲む形になった。半之丞はしばらく皆を見回してから、

「まず、討ち入りの刻限は、寅《とら》の上刻（午前四時）！」

と切り出した。

先年の三月十九日、早水藤左衛門らによって内匠頭刃傷《にんじょう》の第一報が届けられたのも、この刻限であった。

思い返せばあの時、内蔵助は寝起きで意識が朦朧《もうろう》としていて、

「なんでやねん」

その一言をつぶやくのに精一杯であった。吉良邸に詰める者たちも同様であろう。さらに言えば、まだ夜も明けきらぬ薄闇であった。さすがは菅谷《ふけ》である。

ついに、結局、ここまで来たか、と内蔵助はまた、感傷に耽った。

半之丞が続ける。

「吉良邸屋敷脇《わき》で、二手に分かれます」

人員を表門隊と裏門隊の二つに分けて、表裏同時に吉良邸へ踏み込む。これは脱出しようとする者を防ぐためだと、半之丞が補足した。

「まず、表門の御一同は門の左右に竹梯子《たけばしご》をかけ……」

「ん」

と内蔵助が半之丞の声を遮った。

「梯子、あるんか？」

細かいことを、と我ながら思った。

「用意しましょう」

「そやな」

一軍の将たる者、このような瑣末《さまつ》な事に口を出したらあかん、と内蔵助は己を戒めた。

半之丞が続ける。

「梯子で長屋の屋根を乗り越えたら、中から閂《かんぬき》を外し吉良邸へ侵入します。表門が開いたら、裏門の御一同には銅鑼《どら》の音をもって知らせ……」

「銅鑼?」

瑣末なことだが、やはり聞かずにはいられなかった。

「はい」

「山鹿流いうたら、太鼓ちゃうんか?」

それなら安く済む。

「はい。しかし、吉良の屋敷は東西に七十四間(百三十四メートル)。裏門の方々へ届くには、銅鑼の方が確実かと」

「銅鑼な……」

と内蔵助はわずかに眉《まゆ》を寄せ、最後方に座る弥左衛門を見た。

人々のすき間からかろうじて見えた弥左衛門の顔は、すでに強張《こわば》っていた。

銅鑼一つは、金二分(六万円)ほどであろうか。

「銅鑼の音が聞こえた裏門の御一同は、かけやで門を破壊します」

かけやとは、木製の大槌《おおづち》のことである。

「かけやは六挺《ちょう》ほどあればいいでしょう」

「六つもいる？」

笑みを浮かべて言ったつもりだが、その笑顔は引きつっていたことだろう。

「もはや銅鑼の音が鳴り響いておりますから、ここに到って音を気にする必要はありません。派手にいきましょう！」

一同から「おお！」と、気焔《きえん》が巻き起こった。

（まあ、ええ……）

銅鑼にしろかけやにしろ、買わなくともどこかから調達できるかもしれぬ。内蔵助は、そう思い込むことにした。

半之丞は閉じた扇子の要《かなめ》で絵図面を指し、

「邸内に入ったらまず、この長屋を封じます。吉良の付け人や上杉の応援も、ここに寝泊まりしています。人数はおそらく、百人前後」

我らの倍か。気が引き締まる。

皆も一様に緊張するのが分かる。

「この長屋の戸に、カスガイを打ち込みます」

戸と戸の間にカスガイを打ち込み、中の者たちを封じ込める。半之丞はそう説明した。

「どれだけ保《も》つかは分かりませんが、半数は抑えられます」

一同から「おお」と感心する声が深く響いた。

「お見事！」

と原が半之丞を褒め称《たた》えていた。皆もうなずき、小さな拍手さえ上がった。

これは、いつか見た光景と同じだ。

ああ、大評定か。御取潰しの時の……。

「あの」

後方から弥左衛門がおずおずと手を挙げた。

「カスガイは、いかほど？」

何を細かいことを、という皆の視線を一身に集めている。

「戸は三十枚ですから、二つずつで……六十ほど」

「金槌もいるなあ」

と言ったのは忠左衛門である。

「用意しましょう」

と軽く言って、半之丞がさらに続ける。

「これと前後して、松明《たいまつ》に火をつけてください」

「松明？」

またもや内蔵助は口を挟んだ。

「寅の上刻ともなると常夜灯も消え、まったくの闇です」

「知っとる」

「ですので、表と裏、それぞれ三つほどでよろしいかと」

これは金一分もしないだろう。

「次に神崎さん、茅野さん。お二人は弓がお得意だとか」

「弓、使うんか？」

内蔵助の声は、不覚にも上擦《うわず》った。

「正面を封じ込めても、横から出る道があります」

「なるほど。そこを弓で狙《ねら》うわけか！」

と神崎が大いに感心したように言った。たしかに先日、間喜兵衛が「得意の武具で戦いたい！」と言った時に、神崎は「なら自分は弓で……」などと勝手なことを言っていた。

内蔵助は、神崎を睨《にら》みつけて言った。

「神崎。おまえ、弓持ってきとるんか？」

「いえ」

「それがしも、弓は頭になく」

茅野も、申し訳なさそうに苦笑を浮かべて言った。

半之丞は内蔵助を振り返り、

「用意をお願いします」

と涼しい顔で言う。

どうも、おかしい……。

金がどんどん出て行く。

（山鹿流っちゅうんは、そないに金がかかるいくさしかできひんのか？）

あれだけ頼みにしていた半之丞と山鹿流軍学を、内蔵助は心中で罵《ののし》った。

そうした内蔵助の想いなど知る由《よし》もない久太夫が、

「他におらんか、弓が得意な者は？」

と座を見回して言った。

「はい！　得意です！」

と手を挙げた早水にも、内蔵助は問うた。

「お、早水。おまえ、弓持ってきとるんか？」

「いえ！」

屈託なく言う早水に、内蔵助は思わず小さく、舌打ちをした。

久太夫も手を挙げ、

「あ、わしもやな。持ってへんけど」

と言って、笑った。

皆も、笑った。

内蔵助だけが、笑えなかった。

「さてここで、申し遅れましたが……」

と半之丞は先を続けた。

「先ほど申した通り、周囲はまったくの闇。敵味方の別もつかなくなります。そこで、我ら揃いの何かを着ていた方がよいでしょう」

（着る、やと？）

内蔵助は早口になりそうなのを堪《こら》え、鷹揚《おうよう》に聞こえるように言った。

「闇なら見えへんやろ。合言葉でどないや」

「合言葉も決めましょう」

と半之丞はまた振り返り、にべもなく言った。

内蔵助は知らず、歯嚙みした。もはや半之丞は敵にしか見えなかった。

「なるべく、目立つ色がええなあ」

色のことなら、とばかりに潮田が木村に言った。元絵図奉行の二人はしばし考え、

「闇なら……白やろか」

と、つぶやいた。

(アホくさ)

死に装束でもあるまいし、そんな全身真っ白な男どもが、無事に吉良邸まで辿《たど》り着けるわけがあるまい。それに、敵の寝間着も白ならどうする？　誰が敵か味方か、分からないではないか。

内蔵助は、

「鉢巻とかで、ええんちゃう？」

と口にしたが、それは安兵衛の、

「赤だーっ！」

と叫ぶ大声にかき消された。

一同は「おお！」「赤か！」などと賛同して盛り上がり、半之丞までもが、

「なるほど。赤は〝赤穂〟の赤。悪くない……」

などと、したり顔で言った。

弥左衛門はいよいよ青くなった。

最後方に座っていたから皆に見えぬように算盤を弾くことができたが、会議の初っぱなから梯子に銅鑼、かけやにカスガイ、金槌、松明、それに弓と、すでに六両（七十二万円）以上は飛んで行ったのではなかろうか。

その上、着物だと？　赤い着物を五十近く揃えるには、いくらかかる？　羽織一枚なら一分（三万円）ほどで済むが、中の長着まで赤で揃えるとなると、一両はかからぬとしても、三分（九万円）ほどか……もはや半之丞も、皆も、何を言い出すか分からない。弥左衛門は、最悪の事態を想定して算盤を弾き、驚愕《きょうがく》した。

三十四両二分（四百十四万円）。

残金の七割がたを、衣装代に持っていかれるのか……？

隣にいる次郎左衛門も数右衛門も不安そうに算盤を覗《のぞ》きこんでいる。

弥左衛門は手拭《てぬぐ》いを取り出し、額の汗をぬぐった。

その時……、

「待てーぃ！」

内蔵助の咆哮《ほうこう》が室内にこだました。


皆の視線が自分に集まるのを待ってから内蔵助は口を開いた。

「火消し装束は、どないや？」

「おお！」と一同がどよめいた。

だが首をかしげる者も少なからずいた。「持ってへんやろ」と囁《ささや》く声も同時に聞こえた。

内蔵助はそれも織り込み済みで、

「わしらは、火消しの浅野や。いつでも飛び出せるよう、殿はぎょうさん余計に作らせとったで。あれ、どないした？」

と誰にともなく聞いた。

答えたのは、内匠頭の近習《きんじゅう》であった片岡だった。

「確か、上屋敷を引き払う時に」

廃棄した、などと言うなよ、と内蔵助が思ったと同時に、

「預かってます」

と、ことも無げに言ったのは、前原だ。

場がざわめいた。

（前原！　やはり、おまえか！）

内蔵助は駆け寄りたくなるのを堪えて、

「いくつある？」

と、さも冷静そうに聞いた。

「ここにおられる方々の分ぐらいは……なあ？」

と前原は隣の倉橋に聞いている。

倉橋もいつもの調子で、

「はい」

何を当たり前のことを、といった表情で、無駄なく答えた。

ほんまもんの忠臣とはおまえらのことやと、内蔵助は涙が出かかった。

「全員分か？」

「全員分です」

前原と倉橋は声を揃えて言った。

〃火消しの浅野〃は江戸の名物だった。火事場に駆けつければ、町民たちは道を開け、羨望《せんぼう》の眼差《まなざ》しで我らを見つめた。陣頭指揮は、亡《な》き主君、内匠頭様だった。殿に言われれば、どんな火の中でも飛び込んでいった。赤児を抱えて出てくると、町民たちは拍手喝采、あの人は誰？　ほら、堀部様よ、高田馬場の決闘の。

「かっこいい……」

安兵衛がポツリとつぶやくのが耳に届いた。

「江戸の町を駆け回った頃を思い出しますなあ」

忠左衛門が言うと、七十七歳になる堀部弥兵衛と六十二歳の村松喜兵衛《きへえ》（年収二百六十六万円）が、泣き出した。

久太夫が大きくうなずいて、内蔵助に向き直り、

「さすが御家老……皆の士気も大いに上がりまっせ！」

と涙目で言った。

「おお。それに、あれは、ほれ」

内蔵助は、自分の襟や袖《そで》を指して、

「ここだの、ここに、白が入っとる。目立つで！」

と言って半之丞の後頭部を睨みつけると、

「どや！」

と叫んだ。半之丞が閉じていた目を、ガッと開ける。

「見回りと称せば、吉良邸までの道中も怪しまれませぬ！」

「の！」

内蔵助は上機嫌に言って、ホッと胸を撫《な》で下ろした。弥左衛門が同じように安堵の息を吐く様が、皆の間から見え隠れした。

「さて、ここからが山鹿流の極意」

と半之丞が間をおかず話を再開した。

「皆様には〝一向二裏〟の兵法で戦って頂きます」

と半之丞は、碁石を取り出し、白三つ、黒一つを、絵図面の上に乗せる。

「一対一の戦闘を避け、必ず三人一組でお願いします」

一つの黒が吉良側、白三つが、自分たちである。

「まず先手の一人が敵一人に当たっている間に」

と半之丞は白石一つを、黒の前へ進め、ぶつけた。

「あとの二人が回りこみ、確実に仕留める」

半之丞の両手の人差し指が、残る白石二つにそれぞれ乗せられ、黒石の背後に回り込み、問答無用に突っ込んだ。黒石が、小さく跳ねる。

内蔵助は、固まった。誰しもがそうだったろう。

(それは、卑怯《ひきょう》では?)

「それは、卑怯では?」

皆を代表するように、千馬三郎兵衛《ちばさぶろべえ》が言った。誰憚《はばか》らぬ物言いで、殿様からも煙《けむ》たがられた男である。

半之丞は薄く笑みを浮かべ、

「道場では、そうでしょう」

とだけ答えた。

内蔵助は半之丞の意図を解し、山鹿流の根本を思い出した。

「そや、卑怯やない」

と久太夫はつぶやき、

「これはいくさや!　そうですな、御家老?」

と内蔵助を見た。確かに円山でそう言ったから、

「そや、いくさや」

と内蔵助は大きく頷《うなず》いた。

座のそこここから「いくさや……」との声がこぼれた。

半之丞は続けて、

「ですから、この先頭の一人は、なるべく腕に覚えのある方がよいでしょう」

と先頭の白石を指して言った。

「ほんなら、わしは先頭やな」

という内蔵助の冗談に、座は湧《わ》いた。

半之丞もかすかに笑って言った。

「いやいや、御家老は本陣を守っていただかねば」

「なんや、つまらんの」

皆、笑った。

内蔵助も笑った。

「そこで、着込《きご》みを着る人数ですが」

と半之丞は言い出した。

「着込み？」

「はい。鎖帷子《くさりかたびら》です。それと、鉢金《はちがね》も」

内蔵助は、青ざめた。

（何を言うとる……）

たしかに、敵の数は我らの倍であって、勝つために鎖帷子や鉢金は有効であろう。斬《き》られても斬られても、立ち向かえる。しかし……。

鎖帷子と、頭に巻く鉄製の鉢金。

一揃いで、金一両二分（十八万円）ほどかかろうか。

算盤を弾く弥左衛門の手が震え始めた。

「言うまでもなく、この一向二裏の兵法は味方の損害を極力防ぐことにあります。そうなると、一番危険な……」

と半之丞の扇子は最初に敵とぶつかる、白石を指した。

「この先頭の一人のみが、着込みを着ていればいいはずですが」

弥左衛門は慌《あわ》てて、三人に一人が鎖帷子と鉢金を装着する場合の試算をした。

三人に一人となると、仮に十五、六名として……、
二十二両二分（二百七十万円）。

「しかし、実際敵に斬りかかるのは後ろの二人だ」

孫太夫が言い出した。

「ほんなら、二人の方が着込みをつけるんか？」

と神崎。

「！」

慌てて算盤を仕切り直す。

三人のうち二人が重装備となると、単純にさっきの倍。

四十五両（五百四十万円）……。

弥左衛門は自らの指で弾き出した算盤の珠を見てギョッとした。

残金は、八十文（二千四百円）ほどであった。

（あかん……）

と弥左衛門は顔を上げ、内蔵助を見た。

内蔵助は、はたから見てもうろたえていた。

（やられた……）

半之丞には騙《だま》す意図など毛頭なかったろうが、弥左衛門は勝手にそう思った。

「三人一組が崩れた場合はどないすんねん」

原が憮然《ぶぜん》としていった。

「ああ、最後は乱戦になりかねん」

と近松。

「着込みは、全員着といた方がいいんじゃないか？」

と言ったのは、まさかの唯七であった。

内蔵助が、鬼の形相で唯七をニラみつけている。

同感だ。刀を売ったもんが、何ぬかす。弥左衛門も唯七をグイとニラみつけた。

「ああ、そうだ。全員着といた方がいい」

と孫太夫が真剣な面持ちで言った。

（全、員、分……？）

弥左衛門は算盤を弾く手もハタと止まり、呆然《ぼうぜん》として座り込んだ。

それを横目に見た数右衛門が、立ち上がった。

「あの……」

皆が数右衛門を見た。五年ほど前に一足早く牢人《ろうにん》になったこの男が、なぜ今更舞い戻って来たのかと気味悪がっていた者も多かったから、その不破が何を言うのかと、一同はたちまち静かになり、固唾《かたず》を飲んで注視した。

「着込みなんぞ、いらんとちゃいます？　わしらもう、命は捨ててまっせ」

内蔵助が大きくうなずいている。

「不破……」

安兵衛が数右衛門を睨みつけて言った。

「誰もがおのれのような、手練《てだ》れではない！」

数右衛門は何か言い返そうとしていたが、原が、

「着たらええ。これは、いくさや！」

と大声で遮った。久太夫もまた激しくうなずきながら、

「そや、必ず勝たなあかん！　そうでしたな、御家老！」

鷹揚に構えながらも答えに窮しているらしい内蔵助が無言でいると、間喜兵衛が立ち上がり、

「一回こっきりや！」

と叫んだ。

「そや！」「一回こっきりや！」「いくさや！」と一同は目を血走らせている。

もはや番方も役方もなかった。

弥左衛門ら以外、皆がいくさ人と化したようであった。

重装備、全員分……。

六十両（七百二十万円）か、七十両（八百四十万円）か……。

残金が消滅した今、

（そんな金、どこにあんねん……）

元物書役の中村勘助は、牢人となった今でも書記を担当していたが、

「えーっと、結局……？」

何人分でしょうか、と一同を見回しながら聞いている。

内蔵助が、わずかに中村の方へ身を乗り出して、

「前の一人が……」

と言い出したが、その声にはもう力がなかった。

「人数分！」

「全員分！」

安兵衛と唯七が中村をたしなめるように言った。

「全員分……」

中村が巻き紙に書き込んでいる。相変わらず達筆なことだろう。

内蔵助はもはや、そこにいないも同然だった。

代わって半之丞が総大将のようであった。

「わかりました。手甲《てっこう》、脛当《すねあ》てなどもお忘れなく」

十一両二分（百三十八万円）。

弥左衛門は吐き気をもよおし、手拭いを口に当てた。


内蔵助は、いくさ、と言ったことを悔いた。

金のことは何も心配せんでええ、などと言ったことを悔いた。

今更、撤回することができるだろうか。「実はやな……」と切り出すには、捨てたはずの元筆頭家老の自尊心が邪魔をした。それでも何とか他に道はないだろうかと探った。さっきの火消し装束の時のように。そや、着込はごっつ重いで、戦いづらいんちゃう？　と言ってみようかと思ったが、なぜか、却下されるに違いないという確信めいた予感もあって、口を開けなかった。

懐に忍ばせた長助の見積書を、羽織の上からそっと触ってみる。

だが、何も浮かばなかった。

金がないと知れば、半之丞は何と言うだろう。それでも、

「なんとか、なりませんか？」

と涼しい顔で聞いてくるのだろうか。かつての自分のように。

そんな事を考えながら、皆の様子をただ呆然と眺めていた。

脳が揺れだしたような感覚に襲われる。

「さて、次にいよいよ吉良の探索についてですが……」

半之丞の声が遠くに聞こえる。

「抜け道、隠し部屋を探し……」

皆の姿も遠のいていく気がした。

「のこぎりを」銀八匁（一万六千円）。

「かなてこも」金二分（六万円）。

「籠《かご》もいるな」金一朱（七千五百円）。

「がんどうで」銀十六匁（三万二千円）。

「人数分」「全員分」「人数分」「全員分」……そんな声が内蔵助の脳内にこだました。

腑《ふ》抜《ぬ》けとなった内蔵助を、主税は憐憫《れんびん》の目で見ていた。あのうろたえようは何だ。最初こそ、おなごが抱けないだけでそんなに落胆するかと、軽蔑《けいべつ》もしていたが、父の姿はあまりに痛々しかった。振り返ると、弥左衛門も同じように腑抜けとなっていた。

次郎左衛門と数右衛門はわずかに正気を保ち、苦々しい顔で座っていた。

「冨森さん！」

半之丞が冨森助右衛門を傍らに呼び出し、

「吉良を見つけたら、これを吹いてください」

と言った。冨森は前もって半之丞に言われていたのだろう、懐から小さな呼び子笛を取り出し、吹いた。

ピ――――ッ。

と甲高い音が鳴り響いた。

「なんともいい音色だ。それも皆、持っていた方がいいな」

と安兵衛。

「誰が吉良を見つけるか、わからんからな」

と孫太夫。

「では、全員分で！」

と、唯七。

冨森がもう一度笛を吹いた。

父の目はどこか遠くを見ていた。

ピ――ッ……。

トンビが鳴いているな、と内蔵助は思った。

「では次に、一向二裏の組み分けをします」

と言う半之丞の声が、どこか遠くで聞こえた。

内蔵助はトンビの姿を探して外の方を見たが、障子は閉め切りで何も見えなかった。代わって視線を前方に移した。皆がガヤガヤと議論を続けていた。それが煩《わずら》わしくなって、天井を見たりした。トンビが旋回するのが見えるような気がした。その時どこからか、自分に向けられる強い視線を感じた。内蔵助はふと視線を前方に落とした。

源五がいた。


源五はたった今、山田宗徧の邸から帰ってきたところだった。茶屋の階段を上り、頼母子講の寄り合いがこんなに騒がしくなるものかと呆《あき》れながら戸を開けて、ふと上座を見ると、そこには、空気が抜けたように一回り小さくなった、内蔵助がいた。源五は慌てて、

「どないしたん？」

と弥左衛門に聞いたが、その弥左衛門も内蔵助同様、生ける屍《しかばね》と化している。仕方ないので代わって次郎左衛門に事のあらましを教えてもらった。

源五は、立ち上がった。

そして、内蔵助と目を合わせた。

源五は体中のあらゆる気を振り絞って、内蔵助に念を送った。

（わしを呼びなはれ）

内蔵助の目玉がかすかに動いた。

（わしの名を、呼んでみい！）

内蔵助の眉がピクリと動いた気がした。

源五は、よし、気づいた、と思って、さらにグッと内蔵助を睨みつけ、

（悪いようにはせんから、わしを呼んでみなはれ）

と、さらに強力な念を送った。

内蔵助の顔に、生気が戻ってきた。

源五は宗匠頭巾を脱ぎ、大きくうなずいた。

（ええから、早《は》よ呼ばんかい、アホンダラ！）

内蔵助の目に、力が宿り始めた。

もう大丈夫だ、と源五が（約束、覚えてはりますか？）と新たな念を紛れ込ませようとした瞬間、内蔵助の目が、大きく見開かれた。

「大高源五！」

その大声に、喧騒《けんそう》がぴたりと止んだ。

皆が内蔵助の視線の先を追った。

ああ、そういやこんな奴《やつ》もいたな、とか思ってるんだろ、と源五は心の中で毒づいた。

もったいぶって皆を見回してから、我ながら珍しく、声を張り上げた。

「吉良の、在宅日がわかりました！」

どよめきが起こった。

「いつや！」

内蔵助が間髪入れずに聞いてきた。

「十四日！」

「三月の、やな？」

忠左衛門がのんびりと確認してくる。

源五は、またしばし間をとってから、

「今月！」

と言い放った。

「な……」

久太夫が困ったような顔で立ち上がり、

「大高。我らは殿の御命日に」

と言いかけたが、源五は最後まで言わせなかった。

「十四日といえば、月は違えど、御命日！」

祥月命日でなくとも、命日は命日だ。

「おお！　たしかに！」

と内蔵助が大きく同意する。

数右衛門が立ち上がっている。

「早《は》よせんと、吉良、米沢に引っ込んでまうぞ！」

その横で、弥左衛門の目にも光が戻り、

「店賃《たなちん》、三月《みつき》分浮くで……」

と震える声でつぶやいている。

「飯代もや」

と次郎左衛門がニヤリと笑った。

唯七は指を折り、

「あと、十二日……？」

と困惑している。

「間に合うのか？」

と安兵衛もつぶやいた。

内蔵助はすかさず、

「待てん待てん言うといて、今度は延ばせ言うんか？」

と凄《すご》んだ。

「いや、そういうわけでは……」

安兵衛はわずかにうろたえたが、すぐにグイと内蔵助を見返した。皆も安兵衛と同じく、争うように気持ちを奮い立たせた。

討ち入りが三月早まるということは、自らの死期も三月早まるということだが、もはやそこに深い感慨はない。一同、すでに死人《しびと》であり、ここに来てやっと、真のいくさ人と相成った。

内蔵助がさらに続けた。

「皆が驚くっちゅうことは、向こうも驚く。来るんなら、来年三月と思うとる」

忠左衛門が、パンと膝《ひざ》を叩《たた》き、

「裏をかくわけや！」

と叫んだ。久太夫も両の拳《こぶし》を握りしめて言った。

「さすがは御家老、いくさ上手や！」

源五はふと、茅野の姿を探した。

「人は誰でも、一度は死にます。それが少し早いか遅いか、というだけです」

いつかそう言った茅野は、やはり泰然自若として、笑顔であった。

「侍の大事は、死に時！ 死に場所！」

と半之丞が叫び、これをもって衆議は決した。

「そうと決まれば、のんびりしとるヒマはない！」

内蔵助が立ち上がって言った。

「おのおの方《がた》！ 店賃は今月分を前もって、きっちり精算し、決して後を濁さぬように！」

源五は、

（わしやで。全部、わしのおかげやで。せやから、頼んます。約束やで）

と内蔵助にたゆまず念を送り続けていた。

1200万円

弥左衛門は脇目もふらず算盤を弾き続けた。

討ち入りが三月早まると浮く店賃は十九両(二百二十八万円)ほどにもなり、平間村への集団移住も免れたが、弥左衛門は深川での会議の翌朝には自ら前原の店へ赴き、金に困窮している現状をそれとなく、かつ実感をもって伝えた。前原は金を貸すとまでは言い出さなかったが、杉野十平次《すぎのじゅうへいじ》ら元々裕福な家柄の同志に、店賃は身銭を切って支払うようにと伝達したこともあって、さらに金が浮いた。

食費にいたっては三十六両(四百三十二万円)も浮いた。討ち入りまで十二日、残り三十食程度だから、せめてもの心尽くしをと、次郎左衛門は食材を厳選し、腕によりをかけて調理に励んでくれたが、それでも外食より大いに安上がりであった。

それらをもってして、懸念《けねん》の鎖帷子、鉢金、手甲、脛当て、弓などの購入費がやっと捻出《ねんしゅつ》できたと、弥左衛門が算盤から顔を上げた瞬間、どこかから帰ってきた内蔵助が、「いらん、いらん！」

と上気した顔で言った。聞けば、平間村の大名主、軽部五兵衛が、二つ返事でそれらの無償提供を申し出たということだった。その他、梯子や銅鑼、松明やがんどう、金槌やかけやに至るまで、できる限りはご用意いたしましょう、と、これまでの苦労は何だったのかと、弥左衛門を呆れ、苦笑させる大盤振る舞いであった。

余り金は、一気に百両に近づいた。

源五は浮かれていた。

夢の吉原一軒貸切も、夢ではなくなってきたのである。

結局、討ち入り直前になって、鎖帷子の数が足りなくなったが、内蔵助が七両一分（八十七万円）を自腹で投じ穴を埋めた。

「えっ、あるの？」

と源五は思ったが、その内蔵助の自腹分をもって、余り金がちょうど百両近くになったから、源五は「あ、約束のことだな」と気づいて、その足で髪結いに向かった。

ふと、自分一人だけが吉良邸へ討ち入らないことに後ろめたさを感じたが、すぐに打ち消し、余り金捻出の真の功労者こそ自分であると、我褒めの気分に酔いながら、うっとりと月代《さかやき》を剃《そ》られていた。

元禄十五年十二月十四日。

討ち入り当日となった。

日本橋石町の内蔵助らの借宅には、午後には皆、諸用があるなどと言って出て行き、主税と右衛門七だけが残されていた。

討ち入りまで、あと七刻（十四時間）。

二人は手紙を書いていた。主税は母、理玖へ。右衛門七は妹たちへ。

ふと、主税の筆が止まった。

「なんと書いたらええんやろ」

うつむいて言った。右衛門七にはすぐ理由が分かったらしく、

「御家老のことか？」

と聞かれた。主税は顔を上げ、唇を嚙《か》んだ。

「あれだけ必死に金を余らせて、それを」

そのような、いかがわしい所に。母上が聞いたら、何と言うだろうか。

「情けない……」

その頃、内蔵助は、赤坂今井谷の三次浅野家下屋敷にいた。

御用の間でただ一人、かれこれ一刻ほど待たされ、辺りには昨年訪れた時とよく似た夕闇《ゆうやみ》が漂い始めていた。

そこへやっと落合が、取り次いだ時と寸分違《たが》わぬ仏頂面《ぶっちょうづら》で帰ってきた。

何も言わず、目も合わせないので、察するしかなかった。

「やはり、御目通り願えませぬか」

落合は、かすかに頭を下げた。

「あの、ほんならこれ」

と内蔵助は、持参した風呂敷包《ふろしきづつみ》を落合の前へ差し出した。中にあるのは、赤穂城引き渡し時から長助ら勘定方の面々がつけていた御用金之帳の他、武具帳、絵図、覚書、分限帳《ぶげんちょう》など、役方の総力の結晶とも言える、水も漏らさぬ報告書の数々だ。

それとは別に、内蔵助は一冊の帳面を包みの上に乗せた。

「それから、これ、預かっとった金の明細です」

表紙に『預置候金銀請払帳《あずかりおきそうろうきんぎんうけはらいちょう》』とあった。

落合はチラと帳面を見ると、また視線を落とした。

「お弔い以外にも、だいぶ使《つこ》うてしまったんで、奥方さまへ御取り成しの方、何卒《なにとぞ》、よろしくお願いします」

「……」

「落合殿」

なかなか目を合わせようとしない落合が渋々と顔を上げたとき、内蔵助は強い視線で、落合を見つめた。

落合は気圧《けお》されたように、

「はい……」

とだけ言った。


半年前に落合に命じて内蔵助の行状を調べさせ、撞木町での度を越した遊興を知ってから、瑤泉院はもともと毛嫌いしていた大石内蔵助への嫌悪感《けんおかん》をさらに募らせた。話題に出ただけで気鬱《きうつ》となり、腹立たしさで夜も眠れぬこともあったから、大石のことはなるべく考えまいと己に言い聞かせ、それを落合にも徹底させた。自分の金のことなど、もうすっかり諦《あきら》めていた。

たっぷり一刻は大石を待たせ、それでも会ってやらぬという仕打ちに満足している
と、内蔵助を追い返した落合が風呂敷包を持って戻ってきた。

「帰ったか、大石は」

「はい」

「どや？　しょげとったか？」

「はい。あ、いや」

「なんや？　まさか、怒っとったんか？」

「いや、あのような顔をする御仁だったとは……」

「なに？」

「あ、いや……」

落合は下之間に座り、風呂敷包をほどいた。

「何や、それは？」

「開城した折の、諸々《もろもろ》ですな。手形に武具帳、城の絵図」

「今ごろ、なんや」

「それにこれが、決算書」

と落合は金銀請払帳を取り出した。

自分の金の使い途《みち》を書いた帳面であろうが、言うにこと欠いて〝決算〟とは。全部使ったということか？　瑶泉院は怒りに震えそうになるのを抑えて、

（動じず、動じず……）

と念じつつ聞いた。

「少しは残っておるか？」

「いえ、一銭も」

思わずカッとなったが、なんとか呑《の》み込み、

「やはりな……」

と静かに言った。

ここで怒っては大石に負けたことになる。もう金は諦めたのだ。

「瑞光院、祈禱料《きとうりょう》……ほう、お弔いの方は払っとりますな」

「それで全部なくなるはずない。他には？」

「路銀に駕籠賃《かごちん》。ん？　江戸に家も買っておる」

「妾のや」

「家中の者どもの、江戸の店賃や飯代」

「家中の者ちゃう。それも妾や。一体、何人おんねん」

帳面をめくる落合の手が止まった。

「ん？……刀？　槍《やり》？　着込み？」

「物騒な。そんなもん何に使うんや」

嘘ではないにせよ、大石が何かしら誤魔化しているに決まっていた。それにしても刀、槍とは……。妾にかけた金を誤魔化すにしても、荒唐無稽《こうとうむけい》に過ぎる。

瑤泉院はふと、巷《ちまた》に流行《はや》る噂《うわさ》を思った。赤穂浅野家の旧臣たちが、内匠頭の敵討《かたきう》ちに吉良邸に討ち入りをかけるという。

そんな馬鹿《ばか》な、と瑤泉院は鼻で笑って、

「討ち入りでもするんちゃうか？」

と冗談めかして言った。

落合は、

「いや、まさか」

と仏頂面をわずかに歪《ゆが》めて、笑った。

そうして笑いながら落合は、

「ん？　ん？　ん？」

と激しく帳面をめくり出した。笑みが消えていた。

「どないした？」

「……足りませぬ」

「やはりか。見せてみい！」

落合は膝行《しっこう》で瑤泉院に近づき、帳面を奉じた。

（動じず、動じず……）

が効かなかった。

〝金銀請取元〟として、書かれているはずの瑤泉院の金の総額、〝七百九拾両二朱銀四拾六匁九分五厘〟が、〝六百九拾七両……〟と百両近くも少なく記載されているのだった。

「なんや、これは、百両も足らんやないか！」

頭に血がのぼった。落合も沈んだ声でつぶやいた。

「やはり、よからぬことに……」

使った分は、最初から無かったことにでもしたいのか。

「あの、でくのぼうが！」

瑤泉院は、思わず帳面を放り投げた。勢い余って帳面が何やら大石の持参した小箱にぶつかると、蓋《ふた》から帳面があふれだす。だが、ふと見ると小箱の思わぬ場所が口を開けていた。二重底？

落合が二重底から覗《のぞ》く袱紗《ふくさ》包みを開くと……、

そこには、小判の切餅が四つ、黄金色に輝いていた。

「百両……」

言わずもがなのことを、落合がつぶやいた。

瑤泉院はわけがわからず、しばらくぼんやりと、小判の輝きを眺めていた。

その翌朝、瑤泉院は、庶民の噂の通り、赤穂浅野家の旧臣たちが吉良邸へ討ち入り、見事本懐を遂げたという知らせを聞いた。一党の首魁《しゅかい》は、あの大石内蔵助とのことであった。討ち入り後、その場から逃れた足軽の寺坂吉右衛門を除いた内蔵助ら四十六名は、肥後熊本藩や伊予松山藩など四家に分けてお預けとなり、翌元禄十六年の二月四日、御上の申し付けにより、全員、切腹して果てた。

広島、大垣、そしてこの三次といった浅野家親戚一同は、この知らせに驚愕し、また肩身の狭い日々が始まると一様に身を震わせたが、瑤泉院と落合だけは、事が起きるのを事前に知っていた。二重底の百両と共に、内蔵助からの手紙が同封されていたからである。そこには討ち入りについてこそ書かれていないものの、自分たちが死んだ後の、つまり切腹して果てた後の、百両の使い途について書かれていた。

内蔵助の予想通り、幕府の処罰は四十六人の切腹だけでは済まず、遺児たちにも厳しいものであった。十五歳以上の男子は島流し。十五歳に満たぬ者も、いったん親類に預けられ、十五歳になると島流しというもので、まずは吉田忠左衛門の次男の伝内、間瀬久太夫の次男の定八、中村勘助の次男、忠三郎、村松喜兵衛の次男、政右衛門ら、すなわち〝くじ引き〟で外れた四人が、伊豆の大島へ流された。

そういった者の助命、嘆願にこの百両を使ってほしいと、内蔵助は書き残していた。末尾には〝火中〟とあり、読後には必ず燃やしてほしいという意味だ。言うまでもなく、瑤泉院に累《るい》が及ぶことを避けるためのものであった。後世に残る可能性がある決算書に、百両少なく書いたのも、そのためであった。

(何を、恩着せがましい……)

内蔵助への嫌悪がたちまち溶解するほど、瑤泉院は素直な性分ではなかった。といって内蔵助の頼みを無下に捨て置くほど狭量でもない。

ただ、金額が引っかかった。遺児救済のための助命嘆願など、百両ぽっちで済むものではないのだ。将軍綱吉公はじめ、その母・桂昌院、そこへ辿《たど》り着くまでの御老中の面々、それに広島の浅野本家も動かす必要がある。そこに一々、付け届けが要る。

今更それが分からぬほどの〝でくのぼう〟ではないはずだと、火中にくべた手紙の見事な内容を思い出してみても、甚だ不可解だった。だとすれば、この百両は何を意味するのか。

決算書に羅列された金の使い途は、途中からは御家再興のためではなく、吉良邸討ち入りのためのものに切り換わっている。そう考えて落合と中身を一々読み直すと、無駄な金は一銭もなかった。よからぬ所へ通うための金はすべて自腹だと、内蔵助は言っていた。とするとやはり、内蔵助と、勘定方の矢頭長助という者が、さぞかし腐心して見積もったものに思えた。ひりひりするような、周到な金の使い方であった。

その中からこの百両を捻出するには、相当の苦労があったはずだった。

だとしたらこれは、自分を動かすためのものではないか？

「……賄賂《わいろ》やないか」

瑤泉院はそうつぶやいて、クスリと笑った。

そうして翌日には、

「ほな、行こか！」

と早速、駕籠に乗り、御側御用人、柳沢吉保《やなぎさわよしやす》の屋敷へ向かった。

以後、瑤泉院は、限られた自分の金を惜しげもなく使った。噂を聞いて、内蔵助の妻である理玖も同じような働きかけを始めているらしい。二人の書状のやり取りが頻繁に行われるようになった。

その甲斐あって、伝内らはわずか三年で許されて、江戸へ帰ってきた。その三年後には、十五歳未満の男子たちも全員、大赦となった。広島藩に預けられていた浅野大学も許され、五百石を与えられた。さらに、内蔵助の三男、大三郎が、まだ十二歳だというのに、広島の浅野本家に、内蔵助と同じ千五百石の知行で召し出された。洟垂《はなた》れ小僧であった茅野和助の息子、猪之吉《いのきち》も、わざわざその行方を探し出されて、和助がもともと仕えていた森家に近習として召し出された。

と、いうのも、庶民はやはり、赤穂の牢人どもの吉良邸討ち入りに拍手喝采したからである。内蔵助切腹の十二日後には、早くも江戸で芝居が上演された。主君の敵《かたき》を討った義挙とされ、これぞ武士の鑑《かがみ》などと褒め称《たた》えられるようになった。それを受けて諸大名は手の平を返し、赤穂義士の遺児を迎え入れることを武家の誉れとした。

手の平返しは大垣藩主、戸田采女正とて例外ではなかった。血眼になって遺児の行方を探させたが、それまでの采女正の行状を快く思わぬ家臣たちの反応は冷ややかで、頼みの綱の家老、権左衛門もその最中に病に倒れた。病床でいくら「大石内蔵助は英雄である」と聞かされても、決して信じぬまま、最期《さいご》を迎えたという。

内蔵助自身、源五らをもって「討ち入りは、恥や」と説いて回らせていたぐらいだから、こうした世の流れだけは、予想外だった。

百両の使い途を聞いて、源五は怒り狂った。泣いて悔しがって、地団駄を踏んだ。借宅を飛び出し、まっすぐに吉原へ向かったが、ふと立ち止まって財布の紐《ひも》を解いた。一分金（三万円）どころか、二朱金（一万五千円）も見当たらなかった。それでもトボトボと、足は吉原へ向かった。

衣紋坂《えもんざか》から薄桃色に輝く遊廓を見ていると、後ろから肩を叩かれた。振り返ると、数右衛門だった。

数右衛門に肩を抱かれたまま、源五は吉原に背を向けた。

無言で赤坂の三次浅野家下屋敷の前へ連れて行かれると、弥左衛門と次郎左衛門が手持ち無沙汰《ぶさた》に待っていた。内蔵助が屋敷へ入ったままで、もう一刻も経《た》つというう。瑤泉院様が百両を受け取らなきゃいいのにな、と源五は思った。「これ、大石。この百両は遊廓で思う存分使うがよい。ほれ、あの大高と申す者には、特別よしなに……」などと言っているのを想像した。その瞬間、内蔵助が手ぶらで出てきた。

五人で、そばを食べに行った。

そこは長次の店、〈いずみや〉であったが、内蔵助たちは安兵衛らも出入りしていた店だとは知らなかった。長次もおきんも、客たちも、この五人組がまさか赤穂浅野家筆頭家老、大石内蔵助様御一行だとは思ってもみなかっただろう。

内蔵助は、他の者には命じている外食禁止令を犯して、四人をそば屋へ連れてきた。

苦心して残した余り金は、小判に金に銀に銭など、貨幣が様々であった。瑤泉院のもとへ百両届けるには体裁が要るから、全て小判に替えるためには両替商へ行かねばならなかった。総額は百一両と三分。百両を除いた一両三分（二十一万円）があれば、弥左衛門らに豪勢な軍鶏鍋《しゃもなべ》でも馳走できるだろうと思っていたが、両替の手数料は法外と言っていいほど高く、手元には〝省百《せいびゃく》〟と呼ばれる、紐で通した百文の銭一本（三千円）しか残らなかった。

そばは一杯、いつでもどこでも十六文（四百八十円）。

五人で八十文（二千四百円）だから、討ち入り前に瑤泉院の金をこうしたささやかな慰労できれいさっぱり使ってしまいたかった。

源五は黙々とそばをすすった。

いまだ吉良邸に行くか行くまいか迷っていたが、もし行ったら、この怒りによって獅子《しし》奮迅《ふんじん》の活躍を見せてしまうのではないかと己を危ぶんだ。勇んで長屋門に梯子《はしご》をかけ、吉良邸へ一番乗りしてしまいそうだった。

内蔵助があっという間に食べ終わり、

「ごっそさん。一人、十六文やったな?」

と、店の者に聞いた。

「三十二文です」

「なんでやねん」

内蔵助から情けない声が漏れた。

「大石様からお代取っちゃ、バチが当たらぁ」と言っていた父娘《おやこ》も、名乗らぬ限り知るはずがなかった。

「いつでもどこでも、十六文ちゃうの……」

と弥左衛門が呆然としてつぶやいた。

「天ぷら乗っけたからとちゃいます?」

次郎左衛門が品書きを探した。

「それやな」

動じることなく数右衛門が汁をすすった。

源五の懐《ふところ》にはいくばくかの金があったが、

「ないもんはない」

と嘘《うそ》をついて、うろたえる内蔵助を観察した。

その内蔵助は、

「足りひんぞ……」

と財布を逆さにし、袖《そで》を裏返して、必死に小銭を探しているのだった。

そういえばこの人は、御家断絶以来ずっとこんなんしてるな、と源五はふと不憫に思って財布を取り出しかけたが、すぐに思い改め、もう少しの間、観察してみることにした。

内蔵助の向こうにはとっぷり暮れた通りが見えていて、いつのまにか、雪が降っていた。

あとがき

　松竹の池田史嗣《ふみつぐ》プロデューサーから山本博文先生の『「忠臣蔵」の決算書』を渡されたのが二年前（二〇一七年）の三月十四日。図らずも浅野内匠頭《あさのたくみのかみ》の御命日だったわけですが、これまで先人によって数多《あまた》作られてきた『忠臣蔵』を自分が？と思うとプレッシャーで脚本は一行も進まず、何より頭を抱えたのは「コメディで」という注文でした。つまり、お金に困る大石内蔵助《おおいしくらのすけ》、という構図です。池田さんもさすがにやり手で「あの一大悲劇をコメディでなんて、ま、無謀ですよね」などと逆にこちらのやる気に火をつけるような、挑発的な言葉を呟《つぶや》いたりするので、よし、やってやろうじゃないかと、早速、古今様々な『忠臣蔵』を読み漁《あさ》り始めたのですが、読めば読むほど大石内蔵助は立派な人物で、これには閉口しました。曰《いわ》く、御家再興など端《はな》から眼中になく、深慮遠謀、近しい者にも本心を隠し、討ち入りに向け一手一手着実に……というのが定説で、これではちっともお金に困りそうにありません。

ファーストインプレッションが大事、というのは僕が助監督につかせて頂いたことのある伊丹十三《いたみじゅうぞう》監督の言葉で、直訳すれば「第一印象」のことです。つまり、最初に面白いと思ったことは作品を作る過程で絶対に曲げてはいけない、という意味で、これを毎作品肝に銘じて作り続けてきたものですが、今回、大石内蔵助の残した『預《あずかり》置候金銀請払帳《おきそうろうきんぎんうけはらいちょう》』をつらつらと眺めていて、ふと湧《わ》き上がった僕のファーストインプレッションは「これはプロデューサーの物語だ」ということでした。

映画の製作過程では、まもなくクランクインという段階で美術打ち合わせ、通称「美打《びう》ち」という一大イベントがあります。脚本に書かれているシーンを頭から一つ一つ、ここはセットなのかロケなのか、ロケなら場所はどこなのか、雨や雪は降らすのか、エキストラの人数は……などなど、様々な事柄を決めていく会議で、監督はスタッフからの山のような質問に答え、時には丸二日かかることもあり、これにはプロデューサーも同席しているのですが、だいたいあまり発言をせず、成り行きを見守る佇《たたず》まいでおられる。

このプロデューサーが、大石内蔵助だとしたら……。

監督ともよく飲みに行き、意思の疎通《そつう》は取れている。製作費もなんとなく匂《にお》わせてある、と思っていたのに、その監督が美打ちで突然「そこはセットでいきたいね」など言い出す。もたれていた椅子《いす》の背から思わず跳ね起きる。セットにしたら何千万円飛んでいくと思っているのか。なのにカメラマンも「セットじゃないと撮り切れない」などとしたり顔で言っている。頼みの綱の美術部のベテランでさえ目を爛々《らんらん》と輝かしている。悪夢を見ているようだ。脂汗《あぶらあせ》が滲《にじ》む。「ロケでええんちゃうの？」と小声で呟くが、誰にも届かない。そうしている間にもプランはどんどん壮大になっていく。「ワイヤーアクションで」「エキストラ三百じゃ足らん」「雪を降らそう」……。

本書を読まれた方ならもうお分かりでしょう。この美打ちが「深川会議」で、監督が菅谷《すがや》半之丞《はんのじょう》、カメラマンが堀部《ほりべ》安兵衛《やすべえ》、ベテランスタッフが間瀬《ませ》久太夫《きゅうだゆう》や原惣右衛《はらそうえ》門《もん》、といったところでしょうか。もはやクランクイン（吉良《きら》邸討ち入り）どころではない。いっそこの映画、中止になったらいいのに、とさえ思う（断っておきますが、僕はそんな監督ではありませんし、池田さんももっと気骨のあるプロデューサーです）。

これが今回の「ファーストインプレッション」だったわけですが、そんなプロデューサー・大石内蔵助が、定説、定番の人物像ではコメディにはなりえない。かといって、自分も歴史好きですから、なるべく嘘《うそ》はつきたくない。そうして数ヶ月思い悩んで、ある時、ふと四十七士が眠る高輪《たかなわ》・泉岳寺へお墓参りに行ってみました。墓所に入るとまず右手に瑤泉院《ようぜんいん》のお墓があります。ああ、そういえばあの金は全部瑤泉院のものだったな、と今更思い出した瞬間、「人の金、なんや思うてんねん」という瑤泉院の御声が聞こえたような気がしました。振り返ると、瑤泉院の墓の斜め右、五メートルほど先の所に、内蔵助の墓が見えました。これは、目障《めざわ》りだろうなあと……。その構図が浮かび上がった瞬間に、これで書けるな、と安堵《あんど》したのを思い出します。とはいえ、そんな勝手な想像はあまりに不謹慎ですし、根強い忠臣蔵ファンの批判も怖《おそ》ろしく、内蔵助の墓に駆け寄り「もしかしたらとんでもない人物像になるかもしれませんが、何卒《なにとぞ》お許しください」と頭を下げました。「かまへんで！」と言う御声が聞こえたと、勝手に思い込み、泉岳寺を後にしました。

あとはやはり、『金銀請払帳』という現存する史料が元となる物語ですから、なるべく嘘はつかない、ということに注力しながら物語を紡《つむ》いでいきました。さらにそこに、忠臣蔵といえばこれ、という定番ともいえる名場面の数々があるから厄介《やっかい》です。例えば、冒頭の大評定。この時の内蔵助は、侃々諤々《かんかんがくがく》の議論の中、一人じっと目をつぶり、言葉を発せず、しかし実はすでに討ち入りも織り込み済みで……といった思慮深いキャラクターで描かれるのが定番です。だがそれは、周囲の者が勝手に早とちりし、誤解して出来上がったものとは考えられないか。本当は何も考えておらず、むしろ籠城《ろうじょう》決戦しか頭にない、いくさ上等の人物だったら……。一力茶屋の件しかり、理玖《りく》との離縁しかり、南部坂雪の別れしかり、周りが勝手にお膳立《ぜんだ》てしてできたものではないか。そう考えると、やっと内蔵助が伸び伸びと動き始めました。

　また、その時、誰が、どこにいたのか、という点は、なるべく史実に忠実にしました。嘘をついたのは、貝賀弥左衛門《かいがやざえもん》ぐらいでしょう。「神文返《しんもんがえ》し」も忠臣蔵の名場面の一つですが、これは予算面からのリストラだったのではないか、と考えると物語上マストのシーンになるので、それを大高源五《おおたかげんご》と共に行った貝賀弥左衛門はメインキャラクターとして外せません。おまけに蔵奉行というバリバリの役方です。矢頭長助《やとうちょうすけ》のバトンを受け継ぐ者としては、内蔵助の側に付かず離れずいてほしい。しかし実際、東下りで内蔵助に同行したのは近松勘六《ちかまつかんろく》や菅谷ですし、遠林寺の残務整理の記録にも名前が残っていません。なので、この弥左衛門にだけはどうか一つ、目をつぶっていただければ……。

　逆に史料さえ残っていなければ堂々と物語を作り出せるわけで、『金銀請払帳』に日付の記載がないのは、地獄に仏と言いますか、大いに助かりました。

　キャラクターという点でいえば、ご存知、堀部安兵衛というヒーローを、むしろ今回のヒール（悪役）にするのはファーストインプレッション通りですが、大いに迷ったのが前原伊助《まえばらいすけ》、倉橋伝助《くらはしでんすけ》、神崎与五郎《かんざきよごろう》たちです。お金に困る忠臣蔵なのに、全く困らない面々で、それというのも商人となって自活しているからですが、その一方、吉良邸の探索を抜け目なく続け、将棋の駒《こま》で例えれば、銀。討ち入りに必要不可欠な人材で、調べれば調べるほど彼らのフットワーク、バランス感覚には舌を巻きました。彼らが活躍する場面を脚本に書いた時期もあったのですが、二時間という映画の制約の中ではテーマにブレが生じ、泣く泣くカットしました。他に杉野十平次《すぎのじゅうへいじ》という大金持ちの義士もいるのですが、登場すると金銭面の問題が全《すべ》て解決してしまうので、黙殺することにしました。また、この物語で討ち入りシーンが描かれないのと同様、高《たか》田《だ》郡兵衛《ぐんべえ》や萱野三平《かやのさんぺい》といった定番の有名人たちも、金絡み、請払帳絡みのエピソードがないので割愛ということになりました。

そんなこんなで、クランクインまでの長い期間、史実と定番とキャラクターをつづれ織りのようにして書いては直し、書いては直ししていきましたが、そもそも最初にこの企画を聞いたのが松の廊下の日で、内蔵助たちにとっても「内匠頭、刃傷《にんじょう》」から「吉良邸討ち入り」まで一年九ヶ月という時間がかかったわけですから、そんな年表を横目に見ながら「あ、今日は円山《まるやま》会議の日だな」とか「明日はいよいよ内蔵助が江戸へ向かう日か」などと彼らに時を重ね合わせるのもまた楽しい日々でした。実際、決定稿と言われる最終の脚本は十二月十四日、つまり討ち入りの日に提出しました。だいぶ意図的でしたが。

この物語には討ち入りは描かれませんが、映画の方は当然クランクインして、最高のキャスト、スタッフを得て滞りなく撮了、仕上げも済み、無事に完成しました。しかし心残りは前述の前原伊助ら、映画では描ききれなかった面々のことです。なんとか彼らのことを描けないかと、また池田プロデューサーと話していたら、自然と小説という話になっていき、いつの間にか自分で書くことになって、ここに至りました。もはや二年半という月日が経《た》とうとしていますから、年表と照らし合わせてみても、内蔵助たちはすでに切腹後。自分一人だけが取り残された、寺坂吉右衛門《てらさかきちえもん》のような心境で書き進めました。

結局、大高源五は討ち入りに加わったのかどうか、大石内蔵助が吉良邸で叩《たた》いたのは銅鑼《どら》だったのか太鼓だったのか、などは是非読者の皆様ご自身で調べて頂きたく、そうした忠臣蔵ビギナーの方々が、これまで数多出版されている忠臣蔵と本書を読み比べてくださったら、望外の喜びです。

最後になりますが、破天荒な解釈に目をつぶってくださった上、考証までしてくださった山本博文先生、史実をさらに掘り下げてくれた大脇邦彦くん他助監督の皆様、金銀請払帳の円換算に粘り強く付き合ってくれたスクリプターの小林加苗さん、初めて小説を書く上で不安に苛《さいな》まれる自分に「中村さんなら書ける！」と激励してくださった作家の伊坂幸太郎さんや、映画スタッフの皆様、ケツを叩いてくれた妻、そうして上がる原稿を最後まで懇切丁寧にお導きくださった新潮社の北本壮さんや鬼の校閲部（さすがです……）の皆様に、ここに深く御礼を申し上げ、感謝の意を表したいと思います。

あ、映画も、よろしくお願いします！

解　説

山本博文

「忠臣蔵」は、赤穂《あこう》浪人四十七名による吉良邸討ち入り事件である赤穂事件をモデルとした江戸時代の人形浄瑠璃《じょうるり》脚本『仮名手本忠臣蔵』が題名の発祥である。これが大ヒットで、歌舞伎《かぶき》でも演じられ、「芝居の独参湯《どくじんとう》」と呼ばれた。どんな病気にも効くとされた「独参湯」と同様、芝居興行が低迷した時も、『忠臣蔵』がかかると大入り満員となった。近代になっても、さまざまな芝居、映画やテレビで上演され、最強のコンテンツであり続けている。

ほとんどの「忠臣蔵」は「忠義」の観点から描かれ、我が身を犠牲にして「大義」に生きる武士らしい武士たちの物語として、観客の深い感動を呼んだ。しかし私は、「忠義」というよりは「喧嘩両成敗《けんかりょうせいばい》」という正義を自力で実現した「武士の一分《いちぶん》」の物語だと考えている。大石内蔵助自身が、討ち入りの趣意書である「浅野内匠頭家来口上」で亡君の意思を継ぐものだと書いているのだが、これは幕府を納得させるための方便だろう。赤穂の浪人たちにとっては、「忠義」よりも「武士の一分」の方がはるかに切実なものだったのである。

中村義洋監督の映画作品『決算！忠臣蔵』は、拙著『「忠臣蔵」の決算書』を原作として、中村監督が脚本を執筆した。本書はそのノベライズである。「忠臣蔵」をかかったお金から読み解くもので、ユニークで面白くて、かつ感動的に描かれている。

ここでは、原作者の立場から拙著『「忠臣蔵」の決算書』を紹介しておこう。拙著は、浅野内匠頭切腹から吉良邸討ち入りまで一年九ヶ月におよぶ時間が経過していることに注目し、その間、浪人となったもと赤穂藩士がどのような生活をしていたのか、討ち入り準備にかかる費用はどのくらいだったか、などを考えてみた学術書的な内容ながら一般向けの本である。

こうした研究ができたのは、映画の中心ともなる『預置候金銀請払帳』という史料のおかげである。箱根神社に所蔵されるこの冊子は、討ち入り直前に大石内蔵助が、浅野内匠頭の正室瑤泉院に届けた赤穂藩改易後の藩の財産処分に関する多くの帳簿の一冊で、その中で唯一《ゆいいつ》残るものである。

内容は、赤穂藩の財産を処分し、藩士に「割賦《かっぷ》金《きん》（退職金）」として分与した残り、金六百九十両二朱《しゅ》と銀四十六匁《もんめ》九分《ぶ》五厘《りん》の収支決算報告書である。大石は、この金を討ち入りのために有効に活用していくのだが、報告書だけに、当時使われた金・銀・銭の換算レートが明記されている。当時の蕎麦《そば》の値段は十六文《もん》だったから、これをもとに銭一文を三十円として換算すると、高額貨幣である金や銀の現在の値段を得ることができる。計算しやすいように少し補正し、おおむね金一両が十二万円、銀一匁が二千円と考えると、当時の感覚に近いと考えられる。

　経済学で使われる「ビッグマック指数」というものがあるが、これは世界各国で販売されているマクドナルドの「ビッグマック」の値段を比較することで、世界各国の通貨の価値の妥当性を測る指数である。この「ビッグマック指数」と同様に、同書で「蕎麦指数」と名付けたのである。

　大石が管理したお金は、「蕎麦指数」で換算すると八千二百九十二万円になる。これは帳簿上に現れる数値で、これ以外にも瑤泉院の化粧料の利子を回収した分など表に現れないお金もあったと推測される。ちなみに映画では、総額を約九千五百万円としている。

　かなり高額なようだが、最初の出金で、浅野内匠頭の菩提《ぼだい》を弔うため、京都の紫野瑞光院《ずいこういん》に建てた墓を管理する費用として山を購入して寄附している。これが百両（千二百万円）になる。さらに御家再興工作のため、赤穂城下の遠林寺の僧祐海《ゆうかい》を江戸に遣わすための往復旅費や方々への手当として二十両（二百四十万円）などを支出している。果たして、最初から討ち入りを考えていたのかどうか疑問が生じる多額の支出である。また、祐海には、さらに二十四両一分（二百九十一万円）が支出されているが、中村監督は実際には祐海が江戸に行っていないとして、遊廓《ゆうかく》で大石と祐海が出会《でくわ》す場面を創作している。祐海には気の毒だが、面白い解釈である。

支出の中で大きな割合を占めるのが、上方《かみがた》と江戸の往復旅費である。赤穂の浪人の多くは上方と江戸に分かれて住んでいたので、互いに連絡を取り合う必要があった。しかし、一人を上方から江戸に派遣するだけでも、江戸の滞在費を含めて十両（百二十万円）ものお金がかかった。特に、江戸の堀部安兵衛がすぐにでも討ち入りしそうなので、それを抑えるため、原惣右衛門・潮田又之丞《うしおだまたのじょう》・中村勘助《なかむらかんすけ》を江戸に送り、さらに進藤源四郎《しんどうげんしろう》・大高源五を送り、最後には大石自身が奥野将監《おくのしょうげん》・河村伝兵衛《かわむらでんべえ》・岡本次郎左衛門・中村清右衛門らを連れて江戸に下る。これらの旅費の総計が金七十八両一分二朱（九百四十万五千円）と銀四十二匁（八万四千円）、つまり一千万円ほどの支出である。

こうした使い方をしていると、八千二百九十二万円というお金もどんどん目減りしていく。事実、吉良邸討ち入りを決め、江戸に下る元禄《げんろく》十五年八月頃の残金は二百両

（二千四百万円）ぐらいになっていた。江戸に下るだけなら一人金三両（三十六万円）で済むとしても、それまで起請文《きしょうもん》を提出していた百人あまりもの同志をすべて江戸に連れていくことはできない。費用は、それほど切迫していたのである。大石が神文返しをして同志の人数を絞ったのも当然のことだった。

そして、この頃には江戸の同志たちも飢《き》渇《かつ》に及んでおり、家賃の支払いもままならない状態だった。堀部安兵衛ら六人が住む本所《ほんじょ》の借家の一ヶ月分の家賃が銀二十六匁（五万二千円）、杉野十平次ら四人が住む本所の家賃が銭八百五十文（二万五千五百円）、間喜兵衛《はざまきへえ》ら四人が住む糀《こうじ》町の家賃が銀二十四匁（四万八千円）、中村勘助ら四人が住む糀町の家賃が金二分と銀五匁、番銭が銭二百四十文（総計で七万七千二百円）、吉田《よしだ》忠左衛門《ちゅうざえもん》の糀町の家賃が金二分二朱、番銭四百三十八文（総計で八万八千百四十円）、片岡源五右衛門《かたおかげんごえもん》の南八丁堀湊《みなと》町の家賃が銀十三匁八分（二万七千六百円）である。大石はこれらすべてを負担し、さらに飯料（食費）として一ヶ月一人あたり金二分（六万円）を渡している。

実際に討ち入るには、そのための武器・物資の購入も必要である。このあたりは、中村監督の映像が冴《さ》えているところである。ぜひ鑑賞していただきたいと思う。

大石が決算を締めたところ、七両一分（八十七万円）の不足で、これは大石が自腹でまかなっている。金銭面で言えば、討ち入りはあのタイミングでしかできなかったし、もしこのお金がなければ、同志たちは暴発するか、次第に離散し歴史の闇《やみ》の中に消えていくかのどちらかだっただろう。討ち入りに限らず、何をするにもお金が必要不可欠なものであったことは時代を問わない。

しかし、当然のことながら、討ち入りが実現したのはお金があったからだけではない。赤穂の浪人のうち、四十七名もの者が、失敗しても成功しても自分の命を捨てることになるという運命を受け入れ、「武士の一分」を立てるという当初からの思いを維持し続けたからである。四十七名の多くは、討ち入り直前、それぞれ残していく者たちに手紙を送っている。その中で、筆者の好きな茅野和助の手紙の一節を現代語訳して掲げておこう。茅野は、仕えていた津山藩森家が改易となり、赤穂藩に再仕官したものの、また改易の憂《う》き目《め》にあった人物である。

「この場を逃れたのでは、一家の面目にもかかわり、ことに武士として生きているので、弟武次郎やせがれの猪之吉《いのきち》などにもよくないし、とにかく武士の道をはずれることになります。人間は、短い一生の間一度は必ず死ぬ運命ですので、私の場合は少し早く死ぬというだけのことです。（中略）返す返す一度は母上様に楽をさせるように し、武次郎を取り立てて一人前の武士としたいと思っておりましたが、それだけが心残りです。それは前世の定めと考えて、母上様がお嘆きにならないよう、頼みます。言うまでもないことですが、母上様へよくよく孝行なさって、兄弟仲良くしてくださ い。妹のおいわやおかねらへもよくよくこの旨《むね》をお聞かせください。この手紙が今生《こんじょう》の暇乞《いとまご》いでございます」

自分が正義と信じるもののため、命を捨てても後悔しないという覚悟は、現代人には忘れられた感情かもしれないが、しかしこれは、かつてよく見られた日本人らしさの典型だと思う。お金をめぐる悲喜劇の裏側にある赤穂の浪人たちの心を思いやってもらいたい、というのが私の願いである。

（令和元年八月、東京大学史料編纂所教授）

この作品は、山本博文『「忠臣蔵」の決算書』(新潮新書)を原作とした
映画『決算! 忠臣蔵』の脚本を元に書き下ろされた。

決算《けっさん》！ 忠臣蔵《ちゅうしんぐら》

新潮文庫　な-104-1

令和元年十月一日発行

著者　中《なか》村《むら》義《よし》洋《ひろ》
原作　山《やま》本《もと》博《ひろ》文《ふみ》
発行者　佐藤隆信
発行所　株式会社 新潮社

郵便番号　一六二―八七一一
東京都新宿区矢来町七一
電話　編集部(〇三)三二六六―五四四〇
　　　読者係(〇三)三二六六―五一一一
https://www.shinchosha.co.jp

価格はカバーに表示してあります。

乱丁・落丁本は、ご面倒ですが小社読者係宛ご送付ください。送料小社負担にてお取替えいたします。

印刷・錦明印刷株式会社　製本・錦明印刷株式会社

ISBN978-4-10-101631-3　C0193